落ちこぼれ[☆1]魔法使いは、今日も無意識にチートを使う
Ochikobore [☆1] Mahoutsukai wa, Kyo mo Muishiki ni Cheat wo Tsukau....
9
右薙光介
Presented by Kousuke Unagi

ミント
ユユの姉。
陽気な性格でパーティの
ムードメーカー。
大剣を軽々と振り回す。
ナナシ
アストルの使い魔。
ユユ
物静かな魔法使いの少女。
アストルを慕い、
彼の心の支えになっている。
アストル
最低ランク☆1のアルカナを
授かってしまった少年。
『先天能力《インヒーレント》』により、
魔法を自在に使いこなす。

主な登場人物
Characters
ミレニア
冒険者予備学校で
アストルの同期だった才女。
バーグナー辺境伯。
リック
冒険者予備学校時代からの
アストルの親友。
“竜殺し《ドラゴンスレイヤー》”の異名を持つ。
グレイバルト
アストルに心酔する貴族。
変装の達人。

茨《いばら》の城

魔王シリクの復活による『エルメリア事変《じへん》』から三年が過ぎた。

多くの犠牲者《ぎせいしゃ》を生み、今なお深い傷跡を残すあの出来事からしばらく。俺——☆1《のうなし》のアストルは、各地を巡《めぐ》り、その後始末をしたり、世界の危機たる『淘汰《とうた》』に備えて様々な研究を行なったりして過ごしていた。

おかげで、いろいろな厄介事《やっかいごと》が絶えず身の回りにあって、今日もその一つに立ち会わねばならない。

「忘れ物、ない？」

学園都市ウェルスにある塔の入り口で、俺は妻のユユと向き合っていた。

この学園都市で〝賢人《けんじん》〟の肩書きを得た俺は、同じパーティに所属する双子のユユとミントを妻に迎え、この塔で慎《つつ》ましやかに暮らしている。
☆1という最低の『アルカナ』を持つ者には、贅沢《ぜいたく》すぎる境遇と言えるだろう。
「大丈夫。あっても取りに帰ってくるよ」

「もう……そういうことじゃ、ないんだよ？」

俺の上着の襟《えり》を合わせながら、ユユが心配そうな目をこちらに向ける。

美しいストロベリーブロンドは出会った頃よりずいぶんと伸びており、ふわりとまとめられた髪がその細い肩に乗っている。

「なに、大丈夫さ。今回は会議に出席するだけだから」

「前もそんなこと言って、怪我して、帰ってきた」

「う、それは……」

痛いところをつかれた。

仕方あるまい……現地調査に向かった先で、魔王を崇拝《すうはい》するモーディア皇国の強行偵察部隊に出会ってしまったのだ。しかも運が悪いことに、そいつらは人ならざる化け物『悪性変異兵《マリグナントソルジャー》』を連れていた。

さらに、その時は俺ともう一人以外にまともに戦闘できる人間がいなかった。

加えて、その一人というのが護衛対象の要人だったのだから、仲間を庇《かば》って怪我をするのも仕方がないというものだ。

「やっぱり、ついて、行く?」

「いいや、大丈夫だ……うん、気を付けるよ。会議が終わったらすぐ帰ってくる」

「ん。よろしい」

「行ってきます」

軽く抱擁《ほうよう》して囁《ささや》くと、ユユは、〝行ってらっしゃい〟と返す。そんな彼女が愛くるしすぎて、あっという間に今日の会議に出たくなくなってしまった。

しかしながら、今後のことを決める重要な会議なので、行かざるを得ない。

俺は小さくユユに口づけして、頬《ほお》を擦《こす》りつけてから離れる。

「……気を付けて。レンさん達によろしく」

レン——狼人族《コボルト》の侍、レンジュウロウも今回の会議に賢人の一人として参加が予定されている。

俺も会うのは久しぶりのこととなる。

「ああ、冬至祭《ユール》はこっちで過ごすように伝えるよ」

心底名残惜《なごりお》しいと思いつつも、俺は扉を開けて外へと向かう。

冬の冷えた空気がユユのいる塔を冷やさぬようにしっかりと扉を閉めて、俺は空を見上げた。

……やや曇天だが、空は明るい。

「じゃあ、行きますか」

そう独りごちてから目的地を強くイメージし、〈異空間跳躍《ディメンションジャンプ》〉の魔法を詠唱する。

最近よく使う魔法なので、もう慣れたものだ。

あらかじめ打ち込んであるアクセスポイントの概念的杭《くい》を掴《つか》み、引き寄せるようにして地脈《レイライン》を跳ぶ魔法。

現在、この魔法が使えるのは、おそらく世界で俺一人だけだろう。

「……っと」

くるりと世界が反転して……体が重力を感じるころには、俺は先ほどまでいた学園都市《ウェルス》から遠く離れた王都エルメリアに到着していた。

◆

「お、来たな」

通称『楔《くさび》の間《ま》』と呼ばれる俺のアクセスポイントを設置した部屋を出たところで、ばったりと旧友に出くわした。

出くわすというより、口ぶりからして俺を待っていたのだろうけど。

「ご機嫌麗《きげんうるわ》しゅう、ヴァーミル侯爵閣下《こうしゃくかっか》」

「よし、表に出ろ、アストル」

苦笑いを浮かべたヴァーミル侯爵ことリックが、俺の胸を小突《こづ》く。

高位貴族の仲間入りを果たして一年も経つのに、行儀の悪い奴だ。

「お前がその気なら、アステリオス・魔導師《マギ》・アルワース賢爵《けんしゃく》と呼んでもいいんだぞ？」

「勘弁してくれ。本人不在の内に貴族……しかも特別位にするなんて、横暴が過ぎる」

そう――田舎者《いなかもの》☆1賢人であったはずの俺は、いつの間にか新生エルメリア王国で貴族にされていたのだ。

立場上、俺は〝ヴィクトール王の補佐兼相談役の賢人にして、王家の傍流血族〟という体《てい》になっている。

そうでもしないと、俺が超大型ダンジョンコアである『シェラタン・コア』を使用できる理由を説明できないからだ。それに、ヴィクトール王――ヴィーチャは、どうやら本当に俺を王の首のスペアにと考えているらしい。

しかし、『降臨の儀《こうりんのぎ》』で授けられる『アルカナ』の☆の数が多い者ほど優れているという価値観が一般的なこの世界《レムシリア》において、☆1である俺が国の中央にいるのは、極めてイレギュラーなことだ。

エルメリア王国を動かす貴族の多くは俺の顔や素性《すじょう》を把握《はあく》している者ばかりなので、現状では大きな問題にはなっていない様子である。しかし、もし俺の存在が明るみに出れば、国民感情的にまずいことになるかもしれない。

「お前はそう言うけどよ、お前がいなきゃ、国どころか世界ごと滅んでたんだぜ？」

「それは誇張が過ぎる。できることをしただけだ。それに、俺の働きなんて……たかが知れている」

リックの大袈裟《おおげさ》な物言いに肩を竦《すく》める俺の背後から、新たな声が聞こえた。

「――ならば、私のやったことはさらにたかが知れているのだがね」

「ヴィクトール陛下……」

リックと共に素早く跪《ひざまず》き、臣下《しんか》の礼《れい》をとる。

これもここ数カ月で慣れたものだ。

「アストル、リック。ここは王城じゃないんだ……そう畏《かしこ》まらないでくれないだろうか」

「そうは言ってもですね、陛下」

「ここはアステリオス・魔導師《マギ》・アルワース賢爵の『井戸屋敷《ウェルハウス》』だ。この屋敷の決まりはどうだったかな？　アストル」

「う……」

そう言われてしまえば、言葉に詰まって唸《うな》るしかない。

報賞としていつの間にか王都エルメリアの一等地の一画に建てられた、この小城じみた屋敷は、俺の……『アステリオス・魔導師《マギ》・アルワース賢爵』の王都における拠点として機能している。

ただ、他の貴族の屋敷と違って、この屋敷には一つの決まりがある。

――この屋敷において、全ての人間は平等であり、貴賤《きせん》を問わずその発言を許可されるものとする。

エルメリアには、国政への批判や王侯貴族への愚痴《ぐち》などは〝井戸に向かって語る〟というスラングがある。表立って言えないことは、外に漏れない井戸に向かって発散するしかないという暗喩《あんゆ》だ。

それに倣《なら》って、この屋敷では誰もが平等で、誰でも誰に向かってでも自由に発言できるようにすると、俺とヴィーチャでルールを決めた。

そのため、この屋敷は貴族達から『井戸屋敷《ウェルハウス》』などと呼ばれているのだ。

貴族連中にとっては度し難くも斬新《ざんしん》に映るかもしれないが、なんてことはない……俺達のパーティのリーダーであるエインズの小屋敷と同じルールを敷いただけである。

俺にとってあの場所がいかに重要で、大切なものかを忘れないための戒《いまし》めであるとともに、この屋敷に集まって行われる話し合いや相談が立場によって歪《ゆが》まないようにするための措置だ。

「ここでの私は、君達のいち友人であるはずなんだけどね？」

悪戯《いたずら》っぽく笑うヴィーチャに、小さなため息をついて俺は立ち上がる。

ついでに、跪いたままのリックも引き上げて……ダメだ、カチコチになっている。しばらくこのまま固まらせておこう。

「ヴィーチャには敵《かな》わないな」

「今回の議題は少しばかり面倒だからね。この屋敷の会議室を使わせてもらうよ」

言われなくてもその議題の内容は想像がつく。わざわざ国王が足を運ぶなんて、それ以外の理由がないからな。

「モーディア関連で動く……ってことか？」

「それもあるが、もう少し面倒だ。相談に乗ってほしい。連絡はしてあるから、諸侯も順次集まると思う。今のうちに屋敷に使用人を増やしてくれるか？」

「ああ、わかった」

ヴィーチャの要請に頷《うなず》いて、俺は〝聞いていたな？〟と背後に声をかける。

「相変わらず悪魔使いが荒い。吾輩《わがはい》は使い魔であっても、召使いではないんだがね？」

執事姿の優男《やさおとこ》が俺の背後にゆらりと姿を現して、盛大にため息をついた。

「そう言わずに手伝ってくれ、ナナシ。あとでうんと甘い物を用意させるからさ」

「仕方ないな。我が主《マスター》の頼みとあらば、断れないしね」

不満げに主人《おれ》を見やりながら、魔力《マナ》を溢《あふ》れさせた悪魔のナナシは、パチンと指を鳴らす。

ナナシの魔力《マナ》供給によって『絡繰使用人《マトンバトラー》』が起動し、倉庫から続々と姿を見せた。その姿を横目に見ながら、俺達は別室へと向かう。

「いつ見ても不思議な光景だな」

『絡繰使用人《マトンバトラー》』を見ながらそうこぼす国王に、悪魔執事が頷く。

「我が主《マスター》は、妙ちきりんな魔法ばかりを生むのでね」

「実際、役に立っているだろう？」

『絡繰使用人《マトンバトラー》』は、魔石を埋め込んだマネキン人形に『使用人妖精《ブラウニー》』を宿らせて、屋敷の雑用をやらせるために開発した魔法だ。

ヴィーチャがこの屋敷に常駐のメイドや執事を雇うというので、それを断るために用意した苦肉の策ではあるが、意外にもこの『井戸屋敷《ウェルハウス》』の特性にマッチした。

何せ、うろついているのはゴーレムのようなものなので、情報が使用人づてに外部に漏れることはないし、〝変人魔法使いの屋敷〟という評判を広めるのにも一役買ってくれている。

……誰が変人かと抗議の一つもしたくなるが、貴族達と余計な関わりを持ちたくない俺としては、甘んじてその風評を受け入れざるを得ない。

「吾輩は、お客の出迎えに行ってくる」

「よろしく頼むよ、ナナシ」

すっかり人間姿の執事が板についたナナシが、優雅《ゆうが》に一礼してその場を辞した。

出会ってからずいぶん経つが、相変わらずの記憶喪失であり、そのことについてももう諦《あきら》めているような様子すらある。

……あるいは、全てを思い出してなお、俺のそばにいるのかもしれないが。

「さて、と。先に聞いておこうか。議題はなんだ？」

「そうだな、もうリックには伝えてあるんだが……もう一度説明しておこう」

俺に頷いて、ヴィーチャはいくつかの書簡をテーブルに並べた。

「右からモーディア皇国からの抗議書、真ん中がそれに関連して逃亡した元貴族達の連名による勧告文、左端にあるのがハルタ侯爵からの陳情《ちんじょう》となっている」

それを聞いた俺の口からため息が出たのは、仕方ないだろう。

三通とも全てモーディアに関することだ。

「気持ちはわかるぜ、相棒」

リックに肩を叩かれながら、俺はモーディア皇国からの抗議書を手に取り、ざっと目を通す。

抗議書の内容は、同盟国であるはずのエルメリア王国の突然の造反に対する抗議と、それに関する損害賠償《そんがいばいしょう》および、領地の一部明け渡し、治外法権の認可など、多岐《たき》にわたっている。

早い話が、今は亡き第二王子リカルドが約束したことを守って、属国になれと言ってきているのだ。

これまで届いていたものとそう違わないが、今回はやや強硬手段を匂わせる文面に思える。

向こうも少し焦《あせ》りが出てきたのかもしれない。

次に、元貴族達の勧告文に手を伸ばそうとして、思い留まる。

「これは読まなくてもいいいか」

「一応目は通しておいてくれよ」

ヴィーチャにそう言われると、嫌でも目を通さざるを得ない。

クーデターを起こしたリカルド王子の尻馬に乗って……あるいは自分達だけ甘い汁を吸うために、早々にモーディア皇国へと亡命した貴族達。彼らがモーディア皇国の威を借りて、復興途上のエルメリア王国への帰還を計画している。

そして彼らは、現在の王国は正しい状況ではなく、モーディアと協力関係にある上級貴族の自分達が代わって統治するべき——つまり、ヴィクトール王は退位しろと勧告してきているのだ。

……自分達がモーディア皇国の駒《こま》にされているとはわかってはいるのだろうが、考えが甘すぎる。いや、すでに『カーツの蛇《へび》』を仕込まれて、思考を操られている可能性が高い。もし、正気で言っているならなお性質《たち》が悪いが。

「んで、最後のは……ハルタ侯爵閣下か」

「ああ、例によってな。いい加減、頭の固い老人の相手するのも疲れるよ」

ヴィーチャが盛大にため息をついてみせる。

ハルタ侯爵は王国北西部を治める地方領主だ。家の歴史は古く、その資産や兵力は相当なものである。今回の騒動《そうどう》の際も、モーディア皇国による侵攻をいち早く察知して自領を守り切り、王都復興にも大きな援助を行なってくれた人格者だ。

しかし……いかんせん、彼は敬虔《けいけん》な十二《じゅうに》神教信者《しんきょうしんじゃ》だった。すなわち、☆至上主義者であり、一時は過激思想集団『カーツ』との繋《つな》がりすら疑われたこともある。

そんな彼が、常々上申してくる議題は、たった一つ。俺……つまり『アステリオス・魔導師《マギ》・アルワース賢爵』についてだ。

俺はヴィーチャにつられてため息をつきながら、彼に応える。

「いや、ハルタ侯爵閣下のおっしゃることは、貴族としては至極まともだと思うよ」

「だが、それでは君に報《むく》いることができない上に……魔王シリクの思い通りだ。これから先、私達は世界を正常へと戻さなくてはならないんだからな」

ヴィーチャがそう眉根を寄せる。

「事を急げば亀裂が生じるよ、ヴィーチャ」

「だから、まずは目に見えて優秀なアストルを前に出しているんじゃないか」

「たかだか少しばかり魔法が得意なだけの田舎者だよ、俺は」

俺の言葉に、若きエルメリア王と旧友《リック》が小さなため息をつく。

今の言葉が俺の呪いじみた性質から出るものだと理解してくれているのだろうが、半分は本心でもあるのだ。

あまりにも、期待が重すぎる。

「それでもだ、アストル。陛下の考えも少しは汲んでくれよ」

リックが言う通り、ヴィーチャの考えたシナリオは、実際よくできている。

俺は王家の傍流筋《ぼうりゅうすじ》の人間だが、☆1であったため廃嫡《はいちゃく》され、母親と共に里子に出された。しかし、途中で魔物に襲われ行方不明《ゆくえふめい》になり、その後母親と共に寒村で何も知らずに生き延びていた。

様々な冒険を経て学園都市《ウェルス》初の☆1賢人となって国難に駆けつけ、その特別な魔法の力を使って王を助けた際、王家の血筋を引いていると判明。

王家の血筋であるために、☆1であるにもかかわらず、特異な能力を持っており、その力は☆に制限されるものではない。

今後は学園都市《ウェルス》から『特異性存在型《とくいせいそんざいがた》☆1』という、よくわからない言葉を使って有効なスキルを持った☆1を徐々に世間に露見《ろけん》させていき……いずれは☆1の人権獲得を数世代で完了させる。俺はその栄《は》えある第一号となる。

これが、ヴィーチャが描いた筋書きだ。

しかし、ハルタ侯爵をはじめとして、これを受け入れられない人間は多く存在するし、現状に大きな不満を持つ☆1を刺激するかもしれない。

事は慎重に運ばねばならないだろう。

あまりに性急が過ぎれば、今後☆1の逆襲を恐れた支配階級が、逆に現在の☆1への強い支配や排斥《はいせき》を試みる可能性もある。

そのため、俺のような目に見える功績を持った……いや、ねつ造しやすい人間を前面に出さなくてはならないのだ。

それに、俺は『西の国《ウェストランド》』の学園都市に住む賢人だ。

大きな問題になりそうな時は、エルメリアから出てしまえば、ほとぼりを冷ますこともできる。

……こう言ってはなんだが、計画を進めるにあたり実に都合の良い人材なのだ、俺は。

「我《マスター》が主。レンジュウロウ殿とチヨ殿が到着したよ。どこへ通そうか？」

元パーティーメンバーである二人の来訪を、ナナシが知らせる。

「ここへ通してくれ。あと、お茶のおかわりを人数分頼む」

「あとで手の空いた人形に届けさせる。ちなみに魔法で遠見を行なったが、ハルタ卿が到着するのは日の落ちる直前になりそうだ。物々しい武装行列で王都《ここ》に向かってきているよ」

相変わらずの示威行動《じいこうどう》に、ややげんなりとする。

俺がいつまでも王の隣《となり》に居座るものだから、自分が軽んじられていると思い違いをしているのだろう。

「やれやれ……。まぁ、今回の会議でもう一度きちんと話し合うしかないな」
☆1《おれ》の話など、きっと素直《すなお》に聞いてはくれないだろうけど。

◆

続々と俺の屋敷──『井戸屋敷《ウェルハウス》』に王国の要人が集結してくる。ラクウェイン侯爵とその息子のエインズ、レプトン卿《きょう》、レイニード侯爵などなど。

彼らに随行《ずいこう》した使用人もあわせて、普段は静かな『井戸屋敷《ウェルハウス》』がにわかに活気づく。

「よお、アストル。元気にしてたか？」

「前に会ってからそう経ってないだろう、エインズ」

エインズと拳《こぶし》を打ち合わせて、笑みを交わす。

エインズは現在、王国直轄地《ちょっかつち》の代理領主として活躍しており、それが『西の国《ウェストランド》』と近いこともあって、俺と会う機会はそれなりにある。

エインズ自身、若い頃に学園都市《ウェルス》に留学していた時期もあり、西の国《ウェストランド》との折衝役《せっしょうやく》にはちょうど良い人材なのだ。

「レンジュウロウ、少し毛が白くなったんじゃないか？」

「バカを申すな。冬毛に替わっただけのことじゃ」

エインズの軽口に、レンジュウロウが口角を上げて笑う。

「お主はどうだ、上手くやっておるのか？」

「ああ、やんちゃ坊主《ソシウス》もな。将来が決まっちまってるってのも、可哀想《かわいそう》な話だが」

エインズの息子であるソシウスは、この調子で行くとエルメリア王国貴族としての将来が確定している。

何しろ、今のエルメリア王国は空前絶後の人手不足だ。

かと言って、金を積んだだけの商人やら出自が怪しすぎる人間を貴族とするわけにはいかない。

特に今は、立て直しの重要な時期である。わざわざ獅子身中《しししんちゅう》の虫《むし》を飼うことはない。

信用のおける人間を遊ばせている余裕はないのだ。

……何せ、俺のような☆1まで駆り出される始末なのだから。

きっとソシウスは次期ラクウェイン侯爵候補か、そのままエインズの王国直轄地を治める領主になるだろう。

「チヨさんは？」

俺が問うと、レンジュウロウはちらりと外に視線を向ける。

「周辺警戒にあたると言っておった。ハーフエルフの身の上であるから、遠慮しておるのやもしれんがな」

「居心地はよくないでしょうね。気持ちはわかりますよ」

「で、あろうな。会議が終わったら顔を出すように伝えてある故、心配はいらんよ」

一波乱あったものの、レンジュウロウとチヨは無事夫婦となった。

相変わらず、戦いと旅以外のことでは慣れずに狼狽《うろた》える場面が多いようだが、その変わらない様子に、俺は少しばかり安心した。

そうこうするうちに、新たな人影が金の髪を揺らしながら現れた。

「アストル。お久しぶりです」

「ミレニア！　元気そうで何より」

白と青のコントラストが見事なドレスに身を包んだミレニアが、小さく一礼した。

その優雅な姿に、ラクウェイン侯爵がお辞儀を返す。

「バーグナー卿、今日の装《よそお》いも実に美しいですな。例の件も、準備は万全なようで」

「ありがとうございます、ラクウェイン様。ええ、準備は滞《とどこお》りなく。卿《けい》も、決行時にはよろしくお願いいたしますわね」

それを聞き、エインズが感心した様子で頷く。

「おう。しかし、よくもまぁ……この短期間で準備したもんだな？」

「私達の、約束ですから」

ミレニアがにっこりと美しく笑う。

そんな彼女の肩を、リックがそっと抱いた。

……こちらも上手くいっているようで何よりだ。

「今回はオレも一緒に潜っからよ……頼むぜ、相棒」

「ああ、学生時代の与太話がこんな形で実現するとはな」

バーグナー冒険者予備学校に在籍していた頃、俺とリック、そしてミレニアで計画した『エルメリア王の迷宮《ダンジョン》』の攻略。

それが、現実味を帯びてきたのだ。

いくつかの理由はあるが、主目的は超大型ダンジョンコア『シェラタン・デザイア』との関係性を調べるための調査攻略である。

状況次第では最深部に潜って、超大型ダンジョンコアとの対話が可能であるかも確認したい。

そのために冒険者ギルドの協力を得て、大規模な調査攻略計画を、ミレニア……バーグナー伯《はく》爵《しゃく》主導で行なってもらっていたのだ。

彼女の婚約者である、〝竜殺し《ドラゴンスレイヤー》〟リック・カーマイン卿のネームバリューに加えて、俺の賢人としての名前も使ったため、参加者も協賛金もかなり集まったらしい。

「ハルタ侯爵が到着したよ、我が主《マスター》」

歓談が熱を増す頃、俺のすぐ横に姿を現したナナシが、周囲に恭《うやうや》しく礼をしつつ告げた。

それを聞いて冷え冷えとした緊張を高めたのは、俺だけではないはずだ。

……今回の重要な議題の内の一つが現地にご到着となれば、旧交に緩《ゆる》んでいた気を引き締め直さなくてはなるまい。

「では、皆さん。そろそろ会議場へ移動してくださいませ」

来場者と歓談していた広いホールの扉を、ナナシが魔法で開く。

会議室……通称『井戸端《いどばた》』までは迷うことはない。一本道だ。

俺は率先して足を動かす。

『井戸端』の扉を開くのは、俺の役目だからだ。

少し長い廊下を歩いて、突き当たりの両開きの扉の前でキーワードを唱えて、鍵を開ける。

ここは様々な魔法で保護されていて、部屋そのものが魔法道具《アーティファクト》といった風情《ふぜい》の場所で、俺のいきすぎたサービスの極みとも言える。

特徴的なのは、この部屋には『呪縛《せいげん》』がかかっていることだ。

また、ありとあらゆる盗聴や気配察知、ナナシの遠見すらも遮断《しゃだん》する仕様になっており……早い話が、ここはダンジョンの最深部のように手厚く守られているのだ。

部屋には大きな円卓が置かれており、きっちり参加者の人数分だけ椅子が並べられている。

この部屋には、護衛も同行者も使用人も入れない。

お茶のお代わりなど、何か用事があれば、給仕使用人《マトンバトラー》に命じるか、俺に用向きを伝えてナナシを動かすしかない。

そのくらい厳重に作られた、特に重要な話をするための部屋なのだ。

そしてこの部屋を作った最大の理由は、俺自身にある。

吟遊詩人達が謳《うた》う八人の勇者の内一人――賢者アルワースの役割をした俺が生存していること。

その俺が☆1であり、貴族の位《くらい》を得てしまっていること。

そして、俺が『淘汰』に対して対策を講じていること。

これらの情報が漏洩《ろうえい》しないようにするために、必要な措置なのだ。

下手をすれば、俺の家族にだって何かしらの危険が及ぶかもしれない。

それくらい俺の立場は危《あや》ういものなのだと、自分で理解している。

「こちらでございます」

全員が席についた頃、執事姿のナナシに案内されて不機嫌そうな表情のハルタ侯爵が会議室に到着した。

「皆、よく集まってくれた。議長進行役は、私が務めさせてもらう」

全員が着席したのを確認したヴィーチャが、軽く片手を挙げて宣言する。

「会議前によろしいですかな？」

「何か？　ハルタ侯爵」

そう問い返したものの、ヴィーチャ本人も、他の誰もが、ハルタ侯爵が何を言い出すかはわかっていた。

わざわざ先だって書面で送るくらいだ。

「まず、ここに集まっている面々のことでございます。そして、このような会議を一個人の屋敷……しかも、名ばかりの貴族である☆1の前で行うのは、王国としてどうなのでしょうか」

ハルタ侯爵は不穏な視線を隠しもせずに俺へと向ける。

前バーグナー伯爵にも似たその不躾《ぶしつけ》な視線には、もうずいぶん慣れてしまっているが。

「では、ハルタ侯。会議室から退室してくれ」

冷めた様子のヴィーチャの声が、静まる会議室に響いた。

「は？　なんですと……!?」

先程のような小言じみた苦言をハルタ侯爵が口にすることは今まで多々あったが、ヴィーチャが強硬な言葉を返すのは今回が初めてで、俺も驚いた。

「勘違いをしてもらっては困る。此度《こたび》の集まりは、我々がアルワース賢爵に知恵を借りるためのものだ」

それを聞き、ハルタ侯爵が眉をひそめる。

「国政を司《つかさど》る我々貴族が、☆1に頼るなど……」

「彼は私の信頼のおける友人であり、王家の血族だ。そして賢人かつ優秀な魔法使いでもある」

「優秀な魔法使いであることは認めましょう。しかし、政治やその決定に☆1を関わらせるべきではないと言っているのです」

ハルタ侯爵は静かに、しかしながら熱を持ってヴィーチャを説得する。

「人材不足は理解しております。戦功ある〝☆足らず〟を貴族として召し上げるのも良しとしましょう。しかし、政《まつりごと》の決定は、高貴なる者の意思によるものでなくてはなりません」

「それは古い考えだ。そして、その結果が現在のエルメリアの状況だろう」

この舌戦自体は何度も見てきた。

ハルタ侯爵の言うことはある意味で正しい。
☆5というのは、この世界にとって事実上の上位者だ。
俺のような特別な環境にある者はともかく、☆1は☆5に能力で勝《まさ》ることは非常に困難だし、☆による能力上限の差はやはり歴然として存在する。

悲しいかな、人間というものは差別をする生き物だ。

それは意識下、無意識下にかかわらず常にどこかにあるもので、自分より下だと判断した者の意見を理解しがたくさせている。

逆に、十二神教会の誤った思想――魔王《シリク》が誘導した思想のもとにあるレムシリアの住民は、存在係数《コスト》の高い人間、つまり☆5の人間の言うことならば多少問題があっても受け入れてしまう。

それは社会形成においては非常にスムーズな統制を行うシステムであると、俺は評している。

魔王《シリク》のやり方を肯定するわけではないが、レムシリアの人間が社会構造を維持しようとした時に、非常に合理的に政治を進めることができるように構成されているのだ。

「ハルタ卿、私の作るエルメリアは新しいエルメリアだ。☆5一極集中の体制は一体どれほど保《も》った？」

「言いたいことはわかります。しかし、これでは民が納得しません」

「で、あるから……この『井戸屋敷《ウェルハウス》』を使っているのだろう？　そもそも信頼のおける高貴なる者《☆5の貴族》は何人いる？　私の知っている限りでは、貴公とラクウェイン卿、グランゾル卿、バーグナー卿、それにレイニード卿くらいしか思い浮かばないのだが」

ヴィーチャが名を挙げたうち、今日来ていないのは、グランゾル侯爵だけだ。

彼は今、軍を率いてモーディア皇国の国境地帯に詰めている。

自分は会議などのデスクワークには向かないので、話し合いの結果だけ送ってくれと連絡が来ていた。

「では、今名前が挙がった者だけで話し合いをすればよいのです。☆の足りぬ人間を、政治に関わらせるべきではない。一度それをしてしまえば、あとは特例の裾野《すその》が延々と広がって、取り返しのつかないことになるだけです」

王政である以上、最終的な決定権は国王であるヴィーチャが握《にぎ》る。

それは、本人からも相談を受けて、最低でも数世代先まではそれを続けるべきだと俺が進言した。

政治のことは俺にはわからない。しかし、復興が最優先の今は、意思決定を迅速《じんそく》に行える強権が必要になるのは理解できる。

そのためには、☆5で王族であるヴィーチャの立場が絶対に必要だった。

その強権を維持するには、意思決定を行うヴィーチャに対し、一切の疑念や反論を許さない鉄壁の理論武装が必要なのも事実である。

俺をはじめとする〝☆足らず〟はその足元を危うくしてしまうのだ。

王の意思決定にリックのような☆3の貴族が噛《か》んでいる……ましてや、☆1の俺がその助言をしているなどと知られれば、大きな問題になるのは目に見えている。

ハルタ侯爵はそれを危惧しているのだろう。

彼は☆至上主義者だが、現実主義者でもある。
☆至上主義という信念を持った上でも、俺という特殊人材について過小評価もしないし、過大評価もしていない。
それは彼と関わるうちに、おのずとわかっていた。

彼は俺にできることを正確に把握しているし、能力そのものについて俺を侮《あなど》ったり貶《おとし》めたりしたことは一度もない。

「では、ハルタ卿。アストルの助けなしにこの国の完全な立て直しを図れるのか？　ダンジョン攻略、モーディア皇国への対処、世界危機への対応……これらを彼以外に行える人材がいると？」

「話をすり替えていただいては困ります、王よ。それらは我々高貴なる者が裁断し、下々に命を下せばいいことで、その判断を☆足らずの者達に委《ゆだ》ねるべきではないと言っているのです」

「その判断を私達が正確に下せるのか？　知識不足ではないのか？」

「その知識の補完はこのような形で行うべきではありません。必要であれば召喚し、命じて答弁させればよいのです。会議という形で討論すべきは彼らでなく、我々高貴なる者のみです。それが貴族の責任というものです」

実に貴族らしい貴族だと、俺は素直に感心する。

貴族の責任と彼は言ったのだ。

ハルタ侯爵からは、俺のような下々の者が国と国民という重荷を背負わないで済むように、という意図が見え隠れしていた。

俺は王国貴族に良い印象は持っていなかったが、彼のような高位貴族がいたからこそ、王国はそれでも平和でいられたのだろうとすら思える。

「ハルタ卿、そこまでにしよう」

涼《すず》しげな、まるでベルベットのような声が低く響く。

長く伸びた艶《つや》やかな黒髪の貴族が、切れ長の目を細めている。

「レイニード卿。あなたも高貴なる者であれば、王を諫《いさ》めるべきだ」

「ハルタ卿、此度は茶話会がてらの非公式な意見交換会に過ぎない……そうではないかな？」

建前としてはそうなっている。

ハルタ侯爵の危惧するところは、当然俺達も危惧している。

俺などは〈異空間跳躍《ディメンションジャンプ》〉でしかこの屋敷を出入りしない。どこに人の目があるかわかったものではないからだ。

今日も、有志を招いての茶話会としか周囲には伝達されていないし……ヴィーチャは王城から続く秘密の通路を使ってこの『井戸屋敷《ウェルハウス》』に入っているはず。

外から中は窺《うかが》えない仕様になっているし、使用人も最低限で、ナナシに見張らせている。情報や状況が漏れる可能性は限りなく低い。

「レイニード卿、建前の話をしているのではない。政《まつりごと》への姿勢について言っておるのだ。そうでなくては、会議の意味などない」

「では、やはり卿はこの場を去るべきだ。これから我らがするのは茶話会であって、なんぞ決定する王議会ではないのだから。王の茶の時間にまで卿が口を出すのは、越権が過ぎるであろう？」

レイニード侯爵の言葉に、ハルタ侯爵が詰まる。

建前というのは重要なもので、そうでもしないと立ち行かない事情がある時によく使われるものだ。

今のハルタ侯爵は、招かれたとはいえ、王のプライベートな茶の時間にまで自分の意見を押しつけて、その茶の相手にまで難癖《なんくせ》をつけているという形になってしまっている。

「……失礼させていただく」

熱の冷めた冷静な顔で、周囲を見やり……ハルタ侯爵が席を立つ。

扉の前に控えるナナシが『井戸端』の扉を開けると、ハルタ侯爵は振り返ることなくその先へと歩き去った。

再び閉じられた扉を見て、ヴィーチャが大きなため息を吐き出して、ぬるくなってしまった茶をぐいっと呷《あお》る。

そして、気を取り直したように笑顔を見せて告げた。

「さて、それでは雑談を始めようか」

◆

雑談という建前の会議はつつがなく終了した。

そもそも、ほとんどの議題は単なる確認だけだったのだ。

モーディア皇国の難癖を呑むつもりは毛頭ないし、せっかく出した膿《うみ》とも言える逆臣達をわざわざ国内に引き入れるつもりもない。

かの国とは最初から戦争状態にあるので、これ以上の関係悪化も別に気にする必要はなかった。そもそも、俺達にとってモーディア皇国というのは、『淘汰』たる魔王シリクがこの世界に打ち込んだ破滅の楔の一つだ。

最初から和睦《わぼく》など結べるとは思っていない。

その国に住む人々にとっては、残酷な話だろうけれど。

会議後、歓談を交えた立食の軽食会にて、俺はヴィーチャに問いかける。

本来なら、俺のような者が王様に直接口をきいて質問するなどあってはならないことだが、この屋敷ではそれが可能だ。

この屋敷にいる限り、彼は俺のただの友人という立場でいられる。

「よかったのか？　ヴィーチャ。ハルタ侯爵閣下を追い出してしまって」

「仕方がないだろう。彼がいたらいつまでたっても会議が始められなかった。言い分は正しいかもしれないが、今は迅速な判断が求められる時期で、私には助けが必要なことが多すぎる。王議会でいちいち呼び出して質問なんてまどろっこしい真似はできない」

王族でありながら冒険者でもあったヴィーチャの目には、王議会をはじめとする政治の迂遠《うえん》な部分は少しばかり堅苦しく映るらしい。

とはいえ、あれはあれできちんと記録がとられるので、何か問題があった時に責任の所在をはっきりさせたり、何がいけなかったのか再検証したりする際に、王の助けとなるのだが。

「私はハルタ侯爵の言い分もわかりますけどね」

そう言って、ヴィーチャと俺の会話にレイニード侯爵が入ってきた。

「レイニード卿……。では何故、あのような？」

俺の質問に、美麗《びれい》を絵に描いたようなレイニード侯爵が静やかに笑う。

森人《エルフ》の血が混じるレイニード侯爵家の人々は、とても美しいことで有名だ。

「あのままでは、お互いぶつかり合ったままですので。ですが、私も政治の責は高貴なる者が負うのが良いと感じます。我々☆5の立場は依然として強い。対して、政治の失敗となれば、あなたや☆3では命を失いかねませんから」

その言葉に、ヴィーチャが反論を口にしようとするが、レイニード侯爵がそれを押《お》し止《とど》める。

「王よ。あなたの理想も理解しているつもりですよ。ですが、友人と臣下を思うなら、少しだけ譲歩が必要です。甘さや油断が、彼らの命を危険に晒すこともあります。当然、王国の命運も」

諭すようにレイニード侯爵は告げる。

エルフの血を引く彼の寿命はとても長い。ヴィーチャを含めて三代の王に仕《つか》える彼の言葉は、とても重みのあるものだ。

「そうだな……。何も古いもの全てを捨てることもないか」

「悪い部分は是正《ぜせい》して参りましょう。今はそれができる機会でもあります。ですが、国として必要な部分……それこそ必要悪と呼ばれるものも残していかなければなりません」

綺麗事《きれいごと》で政治はできない。レイニード侯爵は暗にそう告げている。

「ああ。では王議会ではそれを議題に挙げよう。各所に是正すべき箇所とその理由をリストアップするように根回ししてくれ」

「御意《ぎょい》。そうそう、それでいいのですよ、我が王。人を使ってください」

くすくすと笑いながら、レイニード侯爵が一礼して場を離れた。

「やれやれ、王になんてなるんじゃなかった。アストル、今からお前に代わっていいだろうか」

「お断りする。嫁が二人もいれば、俺は充分に幸せだ」

「子供はまだか？　名付け親は私に任せてもらうからな」

「ヴィーチャも急かされているんじゃなかったか？」

「ああ、連日貴族達から手紙が届いているよ。早く妃《きさき》を娶《めと》れと、ハルタ卿もうるさいしな……」

ため息をつくヴィーチャを慰めていると、リックとミレニアが連れ立って現れた。

「おう、相棒。おつかれさん」

「リック。……と、ミレニア」

「その言い方は少し失礼でなくって？　アストル」

ミレニアが小さく笑いながら、俺に視線を向ける。その優しげで穏やかな瞳が、彼女の今が充実していることを示していて、俺は少しばかりほっとする。

彼女がリックとそういった間柄《あいだがら》になるには、少しばかり時間がかかったようだが……リックの粘《ねば》り勝ちというやつだな。

ミレニアは俺のことで少しばかり視野を狭めてしまっていたので、それは申し訳ないと思う。

「二人の結婚はいつ？」

親友二人の結婚だ。お祝いのプレゼントは、きっと驚くようなものにしようと思う。

「それがなぁ……」

「ええ……」

困ったように二人は王に視線を向ける。

その視線を受け止めることなく、ヴィーチャは目を逸《そ》らした。

「どういうことだ？　ヴィーチャ」

「そう怒るな、アストル。これにも事情があるのだ」

ヴィーチャ曰《いわ》く、二人ともが現役の領主貴族であることが問題らしい。

南部一帯の広域を治める『バーグナー辺境伯《へんきょうはく》』と南東部と国境帯を治める『ヴァーミル侯爵家』。

この二人の婚姻は、いくつかの問題の火種となる。

まず、どちらかがどちらかの家に入るとなった時、家格的にはリックがバーグナー家に婿《むこ》に行くという形になる。

となれば、せっかく戦功によって立てた、リックのヴァーミル侯爵家が早々に潰れることになる上、その領地が空白となってしまう。

それでは外聞《がいぶん》が悪いし、竜殺しの英雄となったリックをプロパガンダに利用するのが難しくなる。

それに、ザルデン王国と上手くやっているリックをそこから動かすのは、現状少し問題だ。

だからと言ってミレニアをヴァーミル侯爵家に嫁入りさせてしまっては、今度はバーグナー家の領地をどうするか、ということになる。

大型のダンジョン二つとダンジョン跡地を一つ抱えるこの南部地域は、ある事情により急ピッチで復興と開発が行われており、仕事も多い。

前領主であるミレニアの父は、形式上行方知れず（俺は場所を把握しているが。元気に海賊の下働きをしている）だし、戻ってきたところでミレニアのような領地経営ができるとは思えない。

ならば両家で合併してしまおう——というのも、これまた問題がある。

それによってできあがる領地が大きすぎるのだ。

つまり、一つの家が力をつけすぎると、王国内のパワーバランスを崩すことにもなりかねない。

「……と、いうわけなのだ。賢爵、何か妙案は？」

「単純な人材不足だな。家を持たない貴族の子息はいるだろう？　リックの実家《カーマイン家》にだっているはずだ」

俺の答えを聞き、リックが大きなため息を漏らす。

「うちの実家はリカルド王子に加担した廉《かど》でお取り潰しが決定している。オレはその中で唯一、ヴィクトール陛下に最初からついたってことで、家格を上げてるんだ」

魔王シリクの影響というのは、毒のようにこうやって後々まで世界と生活と幸せを蝕《むしば》むのだと、俺も一緒にため息をついてしまった。

リック……何よりミレニアには、幸せになってもらいたい。

そう思って、俺はこの問題をどう解決すれば一番いいだろうか、と考えを巡らせはじめた。

◆

「モーディアの動きが妙？」

会合から一週間後、呼び出しを受けて再び『井戸屋敷《ウェルハウス》』に出勤した俺に、リックからそんな情報が伝えられた。

「ああ、妙だ。中枢《ちゅうすう》で何か大規模な動きがあったのかもしれねぇ」

「具体的にはどうおかしいんだ？」

俺の質問に、リックは報告書らしい紙の束をいくつか差し出す。

相変わらず、こういう仕事は早くて助かる。

一見雑っぽく見えるリックだが、これで政務能力は高く、仕事も確かだ。

「まず、例の賠償がどうのこうのって手紙が届かなくなった。次に、それに連動して亡命貴族からの報《しら》せもなくなった」

一見良い話のように思えるが、国として決めた方針を簡単に翻して、無言で引き下がることはまずない。

「国境帯も小競《こぜ》り合《あ》いが嘘《うそ》のように収まっているって、グランゾル侯爵から連絡があった。これを鎮静化と見るべきか……」

「……いや、モーディア皇国で何か大きな変化があったに違いない。クーデターでも起きたか？」

こうも急に国の方針が変わるということは、舵取《かじと》りをしている人間が代わったと考えた方が自然だ。

そう、かつてのエルメリア王国のように。

「間諜《かんちょう》は？」

「中央にいる奴らからは連絡がない。捕まったのかもな」

優秀な諜報員《ちょうほういん》がそう簡単に捕まるとは思えないが、逆に彼らが身動きできないほどに何か大きな出来事が起きている可能性もある。

モーディア皇国はかなり情報や人の出入りに厳重な国で、国民一人一人に魔法で刻印がされている。

『カーツの蛇』の簡易版が、全国民に打刻されているのだ。

主導しているのは『アルカヌム正教《せいきょう》』と呼ばれる、カーツの根底に深くかかわる宗教団体。

起源は『二十二神教《にじゅうにしんきょう》』と同じとされるものの、その教義は魔王シリクに都合の良いものへと変わっている。

……すなわち、度を超した☆至上主義だ。

モーディアはこの『アルカヌム正教』を国教とし、全国民を強固に管理している。

誰がどこに住んでおり、どのような職業で、どのように生活しているか、家族も、資産も、スキルさえも完全に把握しているらしい。

そして、その☆とスキルに沿った人員配置を、国家主導で行うことによって発展してきたのだ。
☆1は全て、殺されるか奴隷として扱われる。
これらは元モーディアの民であるビスコンティをはじめとした複数の人間から証言を取った。

とにかく、あの国に諜報員が侵入するのは、極めて難しいだろう。

一部の高位神官などが使用する特殊な魔法によって、国民かそうでないかはすぐに見抜かれてしまう。そうでなくても『アルカヌムの刻印《こくいん》』がなければ、魔法によって自動化されたいくつかの施設の機能を使えないのだという。

「俺の作った偽刻印じゃ隠れきれなかったか……？」

「まだわからねぇよ。自分を責めるのはやめとけ」

リックに慰められながらも、俺は情報の少ないこの状況をなんとかしなくてはいけないと頭を捻《ひね》る。

有耶無耶《うやむや》の内に平和になっていました……では、安心した生活とは程遠いのだから。

「ヴィーチャはどうだって？」

「それをお前に聞いてこいと言われたんだ。オレも早いところ領地に戻らなきゃならんのだけどな」

リックの治めるヴァーミル領はザルデン王国と国境を接しており、本拠地は混沌の街《クシーニ》だ。

ここ、王都からだとゆうに二週間はかかる。

そこに急いで戻らねばならないとは……こちらも何かトラブルの臭いがするな。

「何か問題が？」

「ザルデンから復興を祝した使節団が来ることになった。なのに、国境領主の出迎えがないってのはマズイだろ？」

「ああ、確かに……いつだ？」

「一ヵ月後。いくら安定してきたとはいえ、まだ悪性変異《マリグナントビースト》した獣がいるかもしれねぇし、反王政側勢力が動くかもしれないんでな。まったく……忙しいんだから、また今度にしてくれねぇかな」

そうぼやくリックだが、断れないこともわかっているのだろう。

何せ、エルメリア王国が魔王の手に落ちた時、最も早く支援を申し出たのがザルデン王国であり、リックやミレニアが組織した反抗勢力《レジスタンス》はその援助のもとで始動したのだ。

リックの立場上、その使節団を断るのはひどく困難である。

「日程にもよるが、必要なら俺も手伝いに出るよ」

「まじか！　助かる。ていうか、〝魔導師《マギ》〟が一人いれば、護衛とかいらなくね？」

「いくらなんでも、それは過信が過ぎる」

特に使節団というからには、複数名からなる集団に違いない。

俺一人でそれを全部カバーするのはかなり難しい。

「とにかく、モーディアの変化については、諜報員からの情報を待とう。向こうに合わせてこちらが動揺するのも癪《しゃく》だし……動かないなら、その間にその使節団とやらを歓待すればいい」

俺の言葉に、リックが頷く。

「じゃあ、王にはそう伝えておく」

「ああ、多少何かあっても前線にいるのは〝英雄〟グランゾルさんだ。問題はないさ」

グランゾル侯爵は、最前線を指揮する将軍として北方地帯に詰めている。

元が冒険者なせいか〝小生にできるのは剣を振ることだけだ〟と、国に関するあれこれは俺達に全部丸投げしてよこしたのだ。

いい性格だと思うが……実際あの人がいなければ、早い段階でモーディア皇国の再侵入を許していた。その戦功もあって、誰もグランゾル侯爵の前線詰めに誰も文句が言えない。

あのハルタ侯爵でさえも、だ。

「スケジュールを確認しよう。まずは、その使節団。モーディアの件は情報が入り次第、王議会にかけてもらおう。それが終わったら『エルメリア王の迷宮《ダンジョン》』の調査を本格的に進める」

「忙しいのにすまねぇな」

「どれも必要なことさ。それより、人材の確保が急務だな……俺が言うのもなんだけど。移民の受け入れはどうなっている？」

「貴族連中が渋ってる。異民族の流入は治安の悪化や暴動のリスクが高まるってんでな、一本調子に反対している」

それはわかるが、エルメリア王国の人口は三年前の約七割まで減少している。

『瘴気《ミアズマ》』による汚染の影響、それに伴《ともな》う悪性変異《マリグナントビースト》した獣の出現、冒険者が減ったことによる害獣や魔物《モンスター》の増加……単純に作業者の減少による各地の生産機能低下もある。

とにかく人口を増やさなくては、国としての機能が先細りしていくのは目に見えているはずなのだが。

もし、この先モーディアと戦争状態になったとして……これではもたないかもしれない。

「少なくとも冒険者の人数だけでも増やさないとな」

「払える金がねぇから、旨味がないんだよなぁ……」

冒険者というのは命を張って金を稼ぐ人間だ。

命に釣り合わない報酬では、指先の一つも動かさないというのは当たり前のことだが……これでは悪循環に陥《おちい》ってしまう。

「これも何か妙案があれば、だってよ」

「ヴィーチャの奴、俺のことをなんだと思ってるんだ……」

俺という人間に対して、些《いささ》か過分な要求ではないだろうか。

しかし、この事案に関しては一つ、アイデアがあった。

「うーん……やっぱりあれしかないな」

気が進まないと思いつつも、友人達のために少しばかり無茶をしようと俺は決めた。

◆

塔に設置された書斎で資料を漁っている俺の服の裾を、ユユがちょいちょいと引く。

「ねぇ、アストル?」

「ん?」

「どうした?」

「こっちの台詞《せりふ》、だよ? 何かまたヘンなこと、しようとしてるでしょ?」

「い、いや……そんなことは……」

何故、ユユはこうも鋭《するど》いのか。

それとも、俺の顔に何か書いてあったりするのだろうか。

「そんな何か企んでるような顔で古い資料を漁《あさ》ってたら、誰でも気付くわよ」

ユユの背後からひょっこり顔をのぞかせたミントが、困り顔で俺を見る。

「ミント……! 帰って来ていたのか!」

「はいはい、ただいま。もう、妻の帰還に抱擁もないなんて、愛が足りないわよ」

そうぼやくミントを引き寄せて抱きかかえ、額《ひたい》にキスをする。

「ちょちょ、ちょっと……！　びっくりするじゃない！」

「おかえり。少し遅かったから心配してたんだ」

ミントはある独自調査と修業のために、西の国《ウェストランド》の北部にあるヤーパン移民特別自治区『イコマ』へ行っていたのだ。

いまだ新婚の気配が抜けきらない俺としては、少し寂《さみ》しく思っていた。

「心配なものは仕方ないだろう」

「そう思ったら、アタシ達も心配させないの。今度は何やらかすつもり？」

鼻先に指を押し当てられて、俺はたじろぐ。

世間一般の常識に照らし合わせると、俺がやろうとしていることはとても普通ではない。

「迷宮《ダンジョン》を造ろうと思って……」

俺の言葉に、姉妹が顔を見合わせてから、再度俺を見た。

その顔にはありありと〝またヘンなことを言い出した〟と書いてある。

「いい？　アストル。あなたがとても腕の良い魔法使いだっていうのは、アタシも知ってるわ。でも、ダンジョンを造るなんて……」

「そうだよ？　アストル。魔王や魔神じゃないんだから。そんなことしちゃ、ダメなんだよ？」

諭すように、俺の肩を片方ずつ持って揺さぶるミントとユユ。

「できるはずない、と言わないだけ、奥方様方は我が主《マスター》に理解があるようだね」

「ナナシ。アストルはできないことを口にする男じゃないわ。アタシ達の旦那《だんな》ですもの」

「壮大なノロケをごちそうさまです、ミント様」

揺さぶられる俺を無視して、ナナシが必要な資料を魔法でくるくるとまとめはじめる。

待て、それはまだ使うんだ。片づけるな。

ユユはまだこの話に納得できないのか、首を捻っている。

「どういう、こと？　大きな問題に、なるよ？」

「うん。……なので、こっそりやるさ。二人が心配するようなことにはしないよ」

「どうやっても心配するでしょ、そんなの。いやよ？　旦那が魔神呼ばわりなんて」

ミントが少し心配そうに、俺を抱擁した。

「小迷宮《レッサーダンジョン》を適当なところに出現させる。きっと、バーグナー領内のどこかには休眠状態の魔力溜まり《マナプール》があるはずだから」

魔力溜まり《マナプール》は地脈《レイライン》上にある、〝節《ふし》〟のようなものだ。

そこに魔力が一定量溜まり、さらに超自然的な圧力がかかると、『ダンジョンコア』を結実してダンジョンになる。大きなダンジョンはそれらの節を利用して自らの『小迷宮《レッサーダンジョン》』を生み出したりする。

『シェラタン・コア』との結びつきもあって、この数年で俺の魔力《マナ》に対する感度や親和性はさらに高まっているので、注意深く探せば、そういった魔力溜まり《マナプール》を見つけることができるはずだ。

そこへ、手元で保存している手頃な『ダンジョンコア』をねじ込んで、単独出現型の『小迷宮《レッサーダンジョン》』を造り出そうというのが、俺の計画だった。

「エルメリア王国には冒険者が足りない。冒険者をあてに商売する者も。だったら、管理可能な新規のダンジョンを一つ造ってしまって、呼び込もうと思ってさ」

「すごい、ね。管理は、アストルがするの？」

ユユが目を輝かせている。

そうか、ユユにはわかるか……このロマンが！

一方、ミントは——

「呆《あき》れた……それ、本当に大丈夫なんでしょうね？」

「ダンジョンなりに危険はあるだろうけど、そんな大規模な物にはならないはずだ。それに、上手くすれば街ができる。スレクト地方再開発の話も持ち上がっているし、あのあたりなら色々な国から冒険者が来やすいだろう？　あそこなら、隣のグラス首長国連邦からだって人が来られる」

上手くダンジョン街として機能してくれれば、近くには温泉観光地であるローミルもあるし、バーグナー領都《ガデス》にも、混沌《クシーニ》の街にもアクセスは良好だ。

エルメリアに冒険者と雇用、労働人口を増やす糸口になるだろう。

「ああ、もうダメね。この顔は……。頭の中で完全にプランが走ってる顔だわ」

「ん。止めるだけ、無駄」

「我が主《マスター》、言われているが？」

「他に案が思いつかないんだよ……。このまま人口と冒険者が減り続ければ、足を取られて復興は遅れていくし、それに伴って各地のダンジョンの攻略も遅れる。ちょっと強引にでも、目新しい餌《えさ》をぶら下げないと」

新ダンジョンに群がるのは、もはや冒険者の習性のようなものだ。

彼らにとって先行者利益というものは、莫大な財産になりえる。

財宝、魔法道具《アーティファクト》、魔物素材に、出土素材。

加えて、得られる経験と栄光。

そのどれもが早い者勝ちだ。

危険も多いが、実入りも多い。

かつて『粘菌封鎖街道《ねんきんふうさかいどう》スレクト』が発生した際に、立ち入り禁止を無視する冒険者が大量にいたのも、こういった理由があるのだ。

「大丈夫、ちゃんと気を付けるからさ」

俺は姉妹《ふたり》を抱き寄せて、緩く抱擁する。

柔らかな温かさと、良い匂いに満たされて、俺は静かに気合を入れなおす。

家族で楽しく暮らすためには、さっさと問題を解決してしまわなくては。

アルワース賢爵をいつまでも続けるつもりもないしな。

「いい？　アストル。無理だけはしないこと」

「わかっているさ。何にも心配いらない」

「そういう時の、アストルが、一番、危ないんだから、ね？」

軽く説教モードに入ったユユに苦笑して、俺は背後でカタカタと頭蓋《ずがい》を揺らすナナシに荷物をまとめるよう命じた。

◆

――翌日。

朝早くに〈異空間跳躍《ディメンションジャンプ》〉でバーグナー領都《ガデス》に跳んだ俺は、こそこそと誰にも会わないことを祈って、労働者で活気に溢れる街並みを抜ける。

中には俺の顔をまだ覚えているヤツがいるかもしれない。

魔法を使って気配を消してしまいたいが、逆にそれをすると俺自身が作った『魔法見破《まほうみやぶ》り君三号』という魔法道具《アーティファクト》にチェックされてしまうので、それもダメだ。

気配遮断や透明化の魔法を感知して衛兵に知らせる魔法道具《アーティファクト》で、他国の間者や犯罪者を町に入れるのを防止するためにミレニアに贈ったものである。さすがに、自分でそれに引っかかるのは間抜けがすぎる。

やや緊張しながらローブを目深《まぶか》にかぶって、南門へと急ぐ。

スレクト行きの馬車は廃止されているので、徒歩か馬で向かう必要があるが……馬を借りると帰りに魔法で跳べなくなるから徒歩だ。

そのための野営装備は大容量が収納可能な『魔法の鞄《マジックバッグ》』に一通り入れてきている。

「……先生？」

南門をいよいよ出ようかという時に、俺は背後から呼び止められた気がした。

いや、先生なんてそこら中にいるので、きっと俺じゃない。

「アストル先生」

ダメだった。俺だったようだ。

振り向くと、軽鎧姿の男が笑顔でこちらに片手を挙げている。

見知った顔だ。

「ホップさん」

「いつ、こちらに戻っていたんですか？」

バーグナー領都の衛兵《ガーデス》であるホップさんは、俺が今から行くスレクト地方——『粘菌封鎖街道スレクト』の中心となった宿場町で宿を営《いとな》んでいた人だ。
☆1である俺に暖かなベッドと料理を提供してくれた恩人でもある。
迷宮発生の影響で、彼の夢だった宿を廃業して宿場町を離れることになってしまったものの、ダンジョン化には巻き込まれずに済んだ。

不幸中の幸《さいわ》いと本人と家族は笑っていたが、俺の責任であるのは間違いない。

「ちょっと用事で。ホップさんもお元気そうですね」

「おかげさまで。子供達も元気にやっとります」

「女将《おかみ》さんは？」

「ちょっと体調を悪くしちまって……例の『障《さわ》り風邪《かぜ》』ってやつかもしれないってんで、昨日から入院しています」

『障り風邪』は、瘴気《ミアズマ》で変質した魔力《マナ》によって引き起こされる体調不良だ。

『シェラタン・コア』でおおよそ瘴気《ミアズマ》を消去したはずだが、変質した魔力《マナ》は残ってしまった。

この残留魔力《マナ》で人が『悪性変異《マリグナント》』へ変化することはないが、有害なのは間違いなく、今エルメリアで問題視されている現象の一つだ。

「ああ、じゃあこれを」

俺は魔法の鞄《マジックバッグ》から魔法薬《ポーション》の瓶を一つ取り出して、ホップさんに手渡す。

以前の戦いの際に前線に出る者に配った、瘴気《ミアズマ》の影響を抑制する魔法薬《ポーション》だ。

『障り風邪』程度の瘴気《ミアズマ》の影響なら、これですぐさま改善するはずである。

「せ、先生。これ、高い薬なんじゃ……」

「ホップさんにも女将さんにもお世話になりましたし、迷惑もかけたので……」

「俺達は息子を救ってもらった恩がある。借りを返さなきゃならんのはこっちです」

「あれは違法行為なので、ノーカンですよ。女将さんが元気になったら、またラプターの唐揚げが食べたいと伝えてください」

半《なか》ば強引に魔法薬《ポーション》の瓶を握らせて、俺は笑う。

「じゃあ、絶対に……会いに戻ってきてくださいよ。毎日、ラプターの肉を準備して待っていますから」

「ええ、必ず。近いうちに」

頭を下げるホップさんに手を振って、南門から街の外へと出た俺は、冬の冷たい風が吹く草原を、身体付与魔法《フィジカルエンチャント》に任せて駆け抜ける。

長らく使われていないスレクト行きの街道は、ところどころ草原に侵食されているものの、その経路は俺の故郷への方向を細く示してくれていた。

数年前、俺はこの道を姉妹と歩いたのだ。

そして、カーツの偽司祭に支配された故郷の村を目の当たりにした。

思えば、あの瞬間から俺とカーツ……魔王シリクとの因縁が始まったのかもしれない。

こんな大きな流れの中に自分が存在することになるなんて思いもしなかったし、姉妹を二人とも嫁に貰うなんて、想像もつかなかった。

俺には過ぎた幸せだと今でも思うが……手放すつもりは毛頭ない。

俺はこれを全力で守るし、俺達の子供が『降臨の儀』を受ける頃には、もっと平和にしたいと思っている。

今は世界を飛び回っている母も、亡くなった実の父や養父も、きっと同じ気持ちだったに違いない。

「我が主《マスター》。この辺りは動物が少ないのだね」

肩の上に乗るナナシが漏らした感想に応える。

「ああ、ダンジョンが出現して生態系が変わってしまったらしい。植物系の魔物《モンスター》はそこそこいるし……運が悪いと茸人間《ファンガス》にも遭遇《そうぐう》するぞ」

『粘菌封鎖街道スレクト』ができて、この辺りは大きくその生態系を変化させた。

以前はグラスラプターや狼、場合によっては陸鮫《ランドシャーク》などに遭遇したものだが、現在は殺人蔓《キラーバイン》や樹人《トレント》などの植物系魔物《モンスター》が支配する地域になっている。

幸い、数はそれほど多くはないが……再開発の障害となっているのは確かだ。

何せ、植物系の魔物《モンスター》は生命力が強い。

狩れば減るといった単純なものでなく、条件によっては大量に繁茂《はんも》したり活動性が増したりするので、性質《たち》が悪いのだ。

それに、殺人蔓《キラーバイン》などは地中深くに本体があって、襲ってくるのはその一部なので、個体の規模によってはいつまで経っても討伐できないなんてことだってありえる。

「最初のキャンプ地が見えてきた。結界が機能しているといいが」

「自分で設置し直せばよいのでは？」

「簡単に言ってくれる」

できないことはないが、これから体もうって時に疲れる作業はしたくないし、専門の道具は少ししか持ってきていないので、できれば温存したい。

ま、いざとなったら改良型の『結界杭《けっかいくい》』で簡易に設置してしまおう。

「……先客がいるみたいだ」

前方のキャンプ地からは、焚火《たきび》らしい細い煙が薄闇に呑まれつつある空へと伸びている。

こんな時期にこんな僻地《へきち》に来るのは一体何者だろうか。

野盗の類《たぐい》かもしれないが、そもそも人の通らないこんな危険地域で待ち伏せする意味はないし、もしかすると、『粘菌封鎖街道スレクト』の跡地に素材を採りに来た冒険者かもしれない。

……であれば、ご同輩《どうはい》だ。

仲良くしたいところだが、☆1の俺が近寄ればトラブルになるかもしれないな。

俺は速度を落として、ゆっくりとキャンプ地へと近づいていく。

近づくにつれて、何やら良い匂いがしてくる。野営で料理に気を遣える者は良い冒険者だ。

「……ん？」

目を凝《こ》らすと、焚火のそばで食事をしているのは、見知った数人の人影だった。

どうやら、向こうも俺に気が付いたらしい。

その人物が驚いた顔をしてから立ち上がった。

……なんだってこんなところにいるんだ？　あいつらは。

「お兄ちゃん！　こんなところで会うなんて！」

木のスプーンを持ったまま、妹のシスティルがこちらに大きく手を振っている。

少しばかり行儀が悪い。システィルは相変わらずのお転婆《てんば》なようだ。

「ああ、驚いたのは俺の方だよ。こんなところで何をしているんだ？」

「植生の現地調査だよ。最近は植物系の魔物《モンスター》が増えてきたみたいだから、どうなっているのか調べに来たの」

学園都市《ウェルス》で植物学者としての基礎を学んだシスティルは、今ではこうやって各地を飛び回っている。

知識も大したもので、俺の魔法薬《ポーション》作りに有用な珍しい植物を持ち帰ってくることも増えてきた。

「先生。ご無沙汰《ぶさた》してるッス」

「ああ、ダグも変わりなさそうで安心した」

出会ったころよりずっと精悍《せいかん》な顔つきになった俺の塔の生徒のダグが、腰を折って俺に挨拶してくる。

もう昔の悪たれといった様子は完全に抜けきって、すっかり手練《てだ》れの冒険者といった風情だ。

「ダグったら、固くない？」

「い、いや……そんなこと」

システィルに笑われて、ダグが困ったような顔をする。

二人ももうずいぶん一緒にいる。もしかするとシスティルは俺よりもダグに親しみを感じているのではないだろうか、と思うほどに。

「アストル。ボク達のことはともかく……どうしてここへ？」

皿にシチューを盛り付け、スプーンと一緒に俺に差し出しながら質問をしたのは、義理の姉であるフェリシアだ。

「ちょっと、野暮用《やぼよう》というか……うん」

「いいよ。ご飯を食べながらゆっくり話してくれれば。キミと一緒にご飯を食べるのは、本当に久しぶりだし」

「ああ……」

フェリシアとは、ある事情から少し心理的な距離ができてしまっていたので、こんな風に接してもらえるとは思っていなかった。

許しを請うべきは俺の方なのに、気を遣わせてしまったか。

「お兄ちゃん、一人なの？」

「ああ。っていっても、ナナシはいるけどな」

「左様。吾輩はいつでも我が主《マスター》にこき使われる身の上だからね」

肩の上で小さくなっているナナシがカタカタと頭蓋を鳴らす。

「先生、さすがに護衛もなしでは危険ッス」

「お兄ちゃんにつける護衛なんて、人的リソースの無駄よ。それにナナシがついてるなら、魔王とでも遭遇しない限り大丈夫だわ」

それは信頼と受け取っていいのだろうか、妹よ。

そうだといいなぁ……

「ここでボクらに会えたんだから、ボクらが手伝えばいいさ。わざわざ単独行動するくらいだから、きっととんでもないことをしようとしているに違いないよ」

「確かに。ほら、何しようとしてるか、キリキリ吐いちゃって」

フェリシアの言葉に乗って、システィルが俺に詰め寄ってくる。

うーむ、どうしたものか。

身内も身内だし、話してしまっていい気もするが……

「ちょっと、地域振興を……？」

「地域振興？」

俺の迂遠な説明に、妹とダグが首を捻っている。

「ああ、エルメリアはほら……金もないし、冒険者もいないだろ？　それを呼び寄せようと思って、な？」

「この辺に新しいダンジョンでも発見されたのかな？」

フェリシアも首を傾《かし》げる。

現地調査に入る前にそれなりの情報収集はしたはずだ、という顔だ。

「……ちょっと、今回はダンジョン製作に挑戦しようかと思って」

「へ？」

「え？」

「ッス？」

システィル達は三者三様の驚き顔で俺を見る。

ああ、しまった……やっぱり話してはいけなかったか。

「ちょっとお兄ちゃん。それって……どういうこと？」

「そうだよ、アストル。何言ってるかわかっているのかい？」

「さすが先生ッス！」

「ダグは黙ってて」

ビシっとダグの頭にチョップを入れたシスティルが、胡乱《うろん》なものを見る目で俺を射貫く。

フェリシアも、なんとも言えない表情だ。

「ああ、荒唐《こうとう》無稽《むけい》な無茶を言っている自覚はあるが……ちょっとした実験と実益を兼ねてな」

「危険ではないのかい？」

「やったことがない実験なので、絶対とは言えないが……。原理を説明すれば、わかってもらえるんじゃないかな」

シチューをひと掬《すく》い口に入れて、俺は焚火のそばに座り込む。

さすがに日が落ちると冷えるし、立ったままでは落ち着かない。

「食事をしながら説明するよ。えーっと……」

できるだけわかりやすく説明をしないとな。

特に地脈《レイライン》のことなどは、俺の感覚的なものも含まれているので、充分に嚙み砕いて説明する必要があるし、理解するのはちょっと難しいかもしれない。

結局、俺が少し濃くなった二杯目のシチューを平らげる頃に、ようやく説明が終わった。

システィルはまだ半信半疑な様子だ。

「うーん……。それってアリなの？」

「どうだろう、魔人や魔王の類がどうやってダンジョンを発生させているのか、直接聞いたことはないけど、原理的にはこれでいけるはずだ」

「魔物の大暴走の危険はないんスか？」

「そこまで大規模なダンジョンにはしない計画だ。それに、大暴走《スタンピード》を起こさないために、冒険者街が造られるんだよ」

説明に納得がいったのか、システィルとダグは、どんなダンジョンになるのかという話題に移行した。仲がよろしくて結構なことだ。

最初こそどうなるかと思ったが、妹のことはダグに任せておけば安心だろう。母も公認だし。

「アストル。確認するけど……迷宮主《ダンジョンマスター》になるわけじゃないんだよね？」

フェリシアの心配そうな瞳に、俺は頷いて答える。

「当たり前だ。俺はまだ人間を捨ててないぞ」

「じゃ、いいよ。でも、現地にはボクも同行するからね」

「当然、私達もよ？　お兄ちゃん、一人にしておくと無茶しすぎるから」

三人の瞳が、俺に向けられる。

事情を話してしまった手前、これを断るのは無理だな。

諦めて同行してもらうとしよう。

「じゃあ、よろしく頼むよ。旅は賑《にぎ》やかな方が良いしな」

「ついでにお兄ちゃんにも調査を手伝ってもらおう？」

システィルがダグとフェリシアに目配《めくば》せする。

「そうッスね。先生がいれば助かるッス」

「アストルがいれば、安全だしね」

どうやら、システィル達はシスティル達で、何かトラブルがあったようだ。

どちらにせよ、ダンジョン周囲の調査は必要だし……ここは兄の威厳《いげん》を見せなくてはいけないな。

◆

「ははぁ……なるほどな」

翌日、システィル達に案内されるがまま向かったある場所で、俺は彼女達が直面しているトラブルを理解した。

「これは確かに。すごいことになっているな」

「白風草《しらかぜそう》の学術調査のつもりだったんだけど……こんなの見つけたら、放っておけないし」

目の前に広がっているのは、城壁のごとき壁……に見える植物の群生。

『茨の壁《ソーンウォール》』という、そのまんまな名前の魔物《モンスター》である。

実物を見るのは初めてだが、迷宮《ダンジョン》ではたまにこういった類の魔物《モンスター》が通路を塞《ふさ》いだりすることがあるらしい。

さすがに、自然に平原に自生していると異様である。

「これね、規模が大きすぎるの。普通は高さ二メートル、幅五メートルくらいが一般的な個体としてのサイズなんだけど……」

「これは、見事というか、なんというか。すごいな」

高さはゆうに三メートルはある。幅に至ってはとても長い……としか言いようがない。

遠目に見た時はやけに長いとは思ったが、近づいてみるとまるで城壁のようだ。

まさか周辺一帯を通行止めする規模とは……

「植物学者としては、どう捉える？」

俺が問いかけると、システィルが唸る。

「うーん。異常繁茂には違いないんだけど、攻撃性もないし……それに、枝葉の流れが普通と違うの。もしかすると、木精霊《ドライアド》がいるのかもしれない」

木精霊《ドライアド》は、非常にエーテリック……つまり、超自然的な存在である。

そもそもレムシリアにおいて精霊というのは、物質と非物質、理力《オド》と魔力《マナ》の中間にあって意思を持つ存在であり、この世界の理《ことわり》や事象を司り、コントロールする者達である。

ある賢人によると、この世界のありとあらゆるものに精霊が存在するそうだ。

火には火精霊《サラマンダー》が、水には水精霊《ウンディーネ》が宿っているように、降り注ぐ月光や、俺達の発する強い感情にまでそれは宿ることがあるらしい。

彼らの多くは俺達に全く興味を抱かないため、観測するのは困難だが、森人《エルフ》の持つ【精霊交信《せいれいこうしん》】のスキルがあれば、精霊達とコンタクトを取り、力を借りるのは容易《たやす》い。

ハーフエルフであるチヨは、闇の精霊と契約してあの影移動をしているらしいし、俺の魔法の師匠と言えるマーブルは、風の精霊と契約している。

俺は直接姿を見たことはないが、その非現実的な事象を巻き起こす精霊の力は目の当たりにしているので、目の前のこれが木精霊《ドライアド》の仕業《しわざ》だと考えれば、それなりに納得もできる。

「そもそも一個体なのか、群体なのかも判断がつかないし」

「外周は？　回ってみた？」

俺の確認に、システィルが首を横に振る。

「ううん。今日調査するつもりだったから」

「じゃあ、まずは規模を確認しよう」

茨の壁《ソーンウォール》に沿って、俺達は歩を進める。

魔物《モンスター》といっても、こちらから攻撃を仕掛けない限りは無害だ。時々風も吹いていないのに揺れはしても、その棘《とげ》の蔓《つる》をこちらに伸ばしてくることはなかった。

魔物として相手取る時は、火炎瓶《フレイムカクテル》などを投げつけるか、炎系統の魔法で遠距離から焼き払わねば、相当な被害が出ると、本には書いてあった気がする。

実際見ればわかるが、この蔓に絡めとられて壁に取り込まれれば、あっという間にズタズタにされてしまうことは想像に難くない。

冒険者ギルドが出しているモンスター・レベルとしても、確か６０と高値であったはずだ。

「先生、お時間は大丈夫なんスか？」

先頭を歩くダグが、少し振り返って俺に尋ねた。

相変わらず気遣いのできる弟子だ。

「ああ。それにこんなのがあったんじゃ、俺の計画にも支障が出るからな。それより、ダグ……そろそろ名前で呼ぶか、義兄《にい》さんと呼んでくれていいんだぞ」

「あはは、いや、畏れ多いッス」

かわされてしまった。

これでも俺は、ダグをとても信頼している。

俺の塔に入ってこの方、システィルをずっと守ってくれていたのはダグだ。

田舎者で純朴《じゅんぼく》さが抜けなかったシスティルにとって、賢人の街というのはなかなか危険な場所だったはずだが、あの都市で裏道をずっと歩んできたダグが、彼女を上手くサポートしてくれた。

時には、俺自身も教えられることがあり、どっちが賢人かわからないなと自嘲《じちょう》したくらいだ。

「いいか、システィルはもうダグに任せたんだから。俺のことは気にしなくていいんだぞ？」

「そうッスけど……先生は先生ッスから。呼び捨てには絶対できないッス」

システィルとダグが好き合っているのは早い段階ですぐに気が付いていた。それでもダグは、俺がシスティルから相談を受けるまで、その気持ちを一切伝えることなく封印していたのだ。

ある夜、軽く酒を飲みながらジョーク混じりに〝なんでシスティルと付き合わないんだ？〟と尋ねたら、〝システィルちゃんは先生の妹さんッスから。畏れ多いッス〟と返ってきた。

俺はその時初めて、自分自身が妹の恋の障害になっていることに気付かされ、大いに焦ったのを覚えている。

「えーっと……だいたい二百メートルくらい、かな」

歩測で距離を測っていたシスティルが手帳にメモを書きつけている。

こうやってみると、なかなか様になっているじゃないか。

これで〝賢人になる〟なんて恐ろしい夢を諦めてくれればもっと良いんだが。

「うーん……角がスッキリしすぎてる。まるでダンジョンみたいだよ」

フェリシアが茨の壁《ソーンウォール》の端を見て感想を漏らした。

ああ、そう言われれば確かに。

「もしかして、中はダンジョンになっているとか？」

システィルの言葉に俺は軽く首をかしげる。

「どうだろう。一辺が二百メートル程度だとそれほど大規模ではないしなぁ……。ただ、ダンジョンではないとも言いきれない」

ちなみに一番小規模なダンジョンは、学園都市《ウェルス》にある。

そのダンジョンは廊下に連なるたったの三部屋しかなく、大きさは三十メートル四方ほどだ。

だが、侮ってはならない。

賢人の中でも、とくにやばい学園都市《ウェルス》黎明期《れいめいき》のとびきりおかしい賢人《へんじん》が住まい、〝真理の一端はこれだ〟と言い残した、非常に危険なダンジョンの一つなのだ。

とどのつまり、規模が小さいからダンジョンでないとは言えないし、安全とも言えない。

俺がついてきて正解だった。

三人の中で魔法が使えるのはシスティルだけだし、その魔法にしたって得意不得意がはっきりしていて、自己強化系以外の魔法はてんで使えない。

ダグやフェリシアに提供している数々の魔法道具《アーティファクト》でもそれなりに対処できるかもしれないが、柔軟性という点においては、魔法使いが一人いた方がいい。

今回は俺がいるからいいものの、今後の現地調査は魔法使いを同行させるようにアドバイスしてもいいかもしれないな。

「この様子だと、やっぱり約二百メートル四方の茨の壁《ソーンウォール》ってことかな……？　建造物としては入り口が見当たらないし。さすがに登るのは危ないし」

ブツブツ言うシスティルに確認する。

「中を覗《のぞ》ければいいのか？」

「できるの？」

「まぁ、いくつか方法はあるけど……まずは四方を回ってしまって、入り口がないか探そう」

そう促《うなが》して、歩くこと十数分。

結局俺達は、見つけてしまった。

……そう、この茨の壁《ソーンウォール》でできた建造物らしきものの入り口を。

「これはなんというか……なかなか立派な……うーん」

どう表現するべきかと、俺は頭を捻る。

大きさ的には城門と言うべき規模なのだが、アーチ状になった茨の壁《ソーンウォール》を見ていると、凝ったガーデニングに見えなくもない。

「しかしな、我が主《マスター》。かなり高い魔力《マナ》で目隠しがかけられている。こうなったら、自然発生とは絶対に言えないよ」

「ナナシの所見は？」

「内部の魔力《マナ》密度からして、高度な存在による領域化が行なわれたと推測する。妹御の言う、木精霊《ドライアド》の影響というのも、あながち間違いではなさそうだね」

頭蓋を揺らしながら、つらつらと所見を述べるナナシ。

しかし、確信は持てていないのだろうことはすぐにわかった。

この仕草は、彼が何か考え事をする時のものだからだ。

「迷宮《ダンジョン》の可能性は？」

「あるだろうね。これがフィールド型ダンジョンなのか、それともどこぞの大迷宮が造る小迷宮《レッサーダンジョン》なのかはわからないが、内部はダンジョンに類するものだと思うよ」

ナナシの所見は、ほぼ俺と同じだ。

ただ、ダンジョンにしては感じられる魔力《マナ》波動が曖昧《あいまい》だ。

もしかすると『ダンジョンコア』を介さないタイプの……そう、主そのものが領域として管理する『魔王城《まおうじょう》』に近いものなのかもしれない。

「とりあえず……入ってみるかい？」

フェリシアの提案に、俺は少し考え込む。

調査である以上、内部を確認する必要はあるが……周囲を茨の壁《ソーンウォール》で囲まれた——いわば魔物《モンスター》の腹の中に、気安く踏み込んでいいものだろうか。

いや、やはりもっとしっかりとした準備を行なってからの方がいい気がする。

「私達の装備じゃあやめておいた方がいいかも。迷宮《ダンジョン》アタック用の準備をしてきているわけじゃないし、報告だけにしましょ」

意外にも、システィルが冷静な意見を口にした。調査団のリーダーとしては、筋の通った妥当な判断だ。

「先生、〈魔法の目《マジックアイ》〉で内部を調査できないッスか？」

「やってみようか。内部がどうなっているかは、一応確認しておこう」

茨の壁《ソーンウォール》がどう反応するかわからなかったので、全体的に少し下がった位置に移動し、俺は〈魔法の目《マジックアイ》〉を唱える。

視界が二分割されたような奇妙な感覚に慣れるのには少しコツがいるのだが、周囲に護衛がいるなら問題はない……この際、目を閉じてしまおう。

するすると魔法の視線を、門の方へと向かわせる。

俺がバーグナー領都《ガデス》に設置した『見破り君』のような魔法装置があれば、すぐさま見破られるだろうが……問題なさそうだ。

俺の視界は難なく門を通過する。

その瞬間、大きなノイズが走る。

周囲と内部では環境魔力《マナ》の濃度が大きく乖離《かいり》しているということだろう。

「ん？」

俺は思わず声を出してしまう。

目の前の光景は、なかなかに幻想的なものだったからだ。

「どうしたの？　お兄ちゃん」

「この茨の壁《ソーンウォール》が城壁であるというのは、間違いなさそうだ」

「どういうこと？」

「そのままだよ。中には城がある。というか、現在建造中だな」

うすぼんやりした光がふわふわと飛び交い、地面はところどころに土が小さく盛り上がったりへこんだりしている。

その周囲を、岩を掴んだ樹人《トレント》が歩き回り、虫系の魔物《モンスター》が木の枝や土を抱えて忙《せわ》しげに動き回る。

人の世界とやや様相こそ違うが、これは建築現場に違いなかった。

あの不安定な光や土の動きは、もしかすると精霊《エレメンタル》だろうか。

もう少し様子を見るべきと考えて視線を奥へ向けようとすると、視界のすぐ前で茨の蔓がしゅるしゅると伸び、人を模した姿で立ち上がった。

直後、視界が途切れる。

〈魔法の目《マジックアイ》〉が破壊されたようだ。内部で仕事をしているのが精霊の類であれば、不可視の〈魔法の目《マジックアイ》〉も丸見えだろう。

「バレた」

目をこすりながら、俺は門を見据《みす》える。

発見されたからには何かしらのアクションがあると警戒するべきだ。

そんな俺の懸念は、すぐさま現実へと変わった。

門から先ほどの茨の人型が歩いて出てくると同時に周囲の土が盛り上がって、次々と魔物《モンスター》が姿を現す。

茨の樹人《トレント》に、土くれ人形《ソイルゴーレム》、おまけに周囲には逃げ道を塞ぐように茨の壁《ソーンウォール》が形成される。

「これは、怒らせたか……」

「みたいッスね」

長剣を抜きながら、ダグが腰を低くする。

「ナナシ、出てきた人物についてなんだが――」

「アレは茨の精霊《ソーンエレメンタル》だね。ずいぶん小さくまとまっているみたいだけど」

「やっぱりか」

文献とは少しばかりサイズが違うので確信が持てなかったが、やはり門から出てきた茨人間は茨の精霊《ソーンエレメンタル》であるらしい。

俺が知っている茨の精霊《ソーンエレメンタル》は、身長が十メートルを超える巨人のような姿で、西の国《ウェストランド》のさらに西に広がる大森林に存在すると言われている木精霊《ドライアド》の一種だ。

確か『森の主』的な存在で、西の国《ウェストランド》が今より西に勢力を拡大できない要因の一つであると記されていたように思う。

森の開墾《かいこん》が行なわれる気配があると徹底的に反撃を行い、時には周囲の村や都市を滅ぼす事態にまでなったことがあるとも。

「ナナシ、精霊と交信は？」

「できると思うかい？」

「できそうだから聞いている」

「――不要ダ。人間ヨ」

こちらへ蔓を使って滑るように移動する茨の精霊《ソーンエレメンタル》が、無機質な音声を発して、俺とナナシの会話に割り込んだ。

「悪意ヲ感ジナイ。何用ゾ」

俺はちらりとシスティルを振り返る。

話しかけられているのは俺だが、この調査隊の責任者はシスティルだ。であれば、対応はシスティルがするべきだろう。

「私達は、学者です。白風草の調査に来ました。ここを発見したのは偶然で……見たことのないものがあったので調べに来ました。その、ここは私達の失った故郷なので」

茨の精霊《ソーンエレメンタル》がシスティルの言葉にピクリと少し反応したのがわかった。

何か思うところがあったのだろうか。

「人ヨ。立チ去レ。ソシテ伝エヨ。コノ地ニハ立チ入ルナト」

「どういうことか説明をきいてもいいか？　ここは人の領域だ。諍《いさか》いが起きてしまうぞ」

「驕《オゴ》ルナ。元ヨリ人ノ大地ナドデハナイ」

じりりと周囲の魔物《モンスター》が圧を増すのがわかった。

相容《あいい》れない、と直感するには十二分な拒否が、茨の精霊《ソーンエレメンタル》から魔力《マナ》の奔流《ほんりゅう》となって溢れる。

もはや殺気に近い。

「争うのは本意ではないが……」

「問答ヲスルツモリハナイ」

茨の精霊《ソーンエレメンタル》が俺の言葉を遮《さえぎ》る。

「事情だけでも教えてもらえないかな？　ボク達はただの学者だからね、決定権は何もない。けど、報告する義務はあるし、人間がどうするかは人間の王が決める。でも、その時に、ここにあなた方がいる理由が納得できるものであれば、きっと争いにはならない」

フェリシアの言葉に、茨の精霊《ソーンエレメンタル》はただ黙ってその腕を振り上げた。

「フェリシア！」

殺意じみた魔力の波動を感じた俺は、とっさにフェリシアを押しのける。

直後、地面から太い茨の蔓が出現してフェリシアの脚の一部と俺の半身を貫き、切り裂いた。

「お兄ちゃん！」

「先生！」

システィルとダグが武器を構える。

「我が主《マスター》。どうするね」

何か良くない魔法で、俺に突き刺さった茨を枯らして引き抜きながら、ナナシが目を細める。

落ち着いた様子だが、こうやって俺に尋ねる時は決まって〝どのくらい本気で戦っていいか〟という意味だ。

「ぐ……ッ！　ダグ、システィル。武器を下ろせ。ナナシも落ち着け……まずは、フェリシアの傷の治療からだろ？」

「いや、キミの傷の方が深いけどね……痛ッ」

太腿に刺さった茨の蔓を、ナナシに引き抜いてもらいながらフェリシアが顔をしかめる。

こうも短絡的に敵対行動をとるということは、何か重大な問題がここにあるのだろう。

茨の精霊《ソーンエレメンタル》は強大な力を持つ精霊だが、決して敵対的な存在ではない。

森を害さなければ、領域内に入っても排斥しないし、薪《たきぎ》を拾ったり薬草を摘《つ》んだりすることも目こぼししてくれる程度には人間に無関心だ。

実際、西の国《ウェストランド》で茨の精霊《ソーンエレメンタル》が報復を行なったのは、森を開墾した時だけだ。

……では、何故今俺達が襲われているかをまず思考せねば、解決の糸口は掴めないだろう。

「……脱出だ、ナナシ」

「いつになく及び腰だね？」

「今戦う必要を感じないし、情報が足りない。……あと、やり合うには状況が悪い」

茨の精霊《ソーンエレメンタル》は何かを隠している。

いや、人間に立ち入られたくない事情がここにあるに違いない。

……それに、戦いになるとして、この取り囲まれて負傷した状態での開戦は愚策だ。

「偉大なる茨の精霊よ。俺達はここを去り、先ほどの言葉を人々に伝えよう」

「疾《ト》ク去《イ》ネ」

幸いなことに、見逃してくれるようだ。

この時点で、いくつかの仮説が立つが……傷が痛むので、安全域に脱してからにしよう。

「行こう。ダグ、すまないがフェリシアを抱えてくれ」

「はいッス！」

返事と同時に、ダグが体を動かす。

それを確認して、俺はずきずきと痛む自分の体に特別製の治癒の魔法薬《ヒーリングポーション》を振りかけていく。

生命の秘薬《エリキシルオブライフ》を量産しようとしてこさえた失敗作だが、この傷であれば、なんとか動けるくらいには癒《いや》せるだろう。

「我が主《マスター》、仕込みは？」

「……頼む」

魔法薬《ポーション》の急速治癒《きゅうそくちゆ》による治癒痛に耐えつつ、ナナシに小さく頷く。

この場所に観測用の小さなアクセスポイントを作っておくのだ。

幸いここは、『ベルベティン神殿』に連なる太い地脈《レイライン》が通っている。

環境魔力《マナ》の大きな変化や、何かしらの問題が発生すれば、このアクセスポイントを通じて状況を推測できるし……いざとなれば、俺とナナシだけでもここへ跳んで小細工ができるというわけだ。

「撤収準備完了ッス」

「よし、離脱する」

ちらりと茨の精霊《ソーンエレメンタル》を視界の端で捉えて、俺達はその場を足早に去る。

いろいろ気になることはあるが、今は後回しにして全力後退だ。

……追ってはこない。

ありがたいことに、本当に追い払うのだけが目的らしい。

痛む体を押して、なんとか昨日のキャンプ地点まで戻った俺達は、今後について話し合うために焚火を囲む。

「一体どうなってるのかしら。ねぇ、お兄ちゃん、何が起こってるの……？」

システィルの不安げな声が、故郷の冬空に溶けて消えた。

◆

システィル達にエルメリア王都に向かうように伝えて、一足先に『井戸屋敷《ウェルハウス》』に戻った俺は、すぐに〈手紙鳥《メールバード》〉をヴィーチャに飛ばした。

しばらくして、屋敷に到着したヴィーチャに、俺は事の次第をやや早口に説明する。

そして一息置いてかけられた言葉が——

「話が見えないぞ、アストル」

「我が主《マスター》、資料を示した上で順序づけて説明する必要があるだろう」

「ぐ……そうか。すまない、ヴィーチャ」

「実に賢人らしいとは思うが、私のような凡王にもわかるように頼む」

ナナシが出した紅茶のカップに口をつけながら、ヴィーチャがこちらを見る。

不敬にも、俺は自分のペースで話をしてしまっていたようだ。

「ナナシ、資料は？」

「正確なものは学園都市の禁書庫の中だからね、書き出してはおいたよ。これだ」

数枚の紙をまとめたものを、ナナシがヴィーチャに丁寧に差し出す。

執事仕事が板についてきたじゃないか、と思わず感心する。

ぺらぺらとそれをめくって目を通すヴィーチャの表情が、徐々に緊張感のあるものに変わっていく。

「……〝金色姫《こんじきひめ》〟？」

「ああ。約六百年前、西の国《ウェストランド》の前支配者であるシンド王国を崩壊させた魔物の名前だ」

「一体どんな魔物なんだ？　高位の精霊が関与しているのか？」

資料を注意深く見直し、それから視線を逸らさないまま、ヴィーチャが矢継ぎ早に質問してくる。

「竜種《ドラゴン》に匹敵する強さの蟲族《むしぞく》の魔物《モンスター》だと伝えられている。一説によると蛾《が》らしいが、蜻蛉《とんぼ》とも蜂《はち》とも伝えられているみたいだ」

「既存の昆虫にとらわれるべきではないか。で、これと高位の精霊の関係は？」

「わからない。だが、この魔物は……植物を大暴走《スタンピード》させるらしい」

「植物を？　魔物《モンスター》ではなくか？」

本来、大暴走《スタンピード》というのは、魔物《モンスター》の異常行動について指す言葉だ。

迷宮《ダンジョン》を放置してその中に大量の魔物《モンスター》が発生した時や、魔神の出現によってその眷属が大量に出現した時、あるいは野山に棲息《せいそく》する自然の魔物《モンスター》が一斉に行動する時など。

原因はいくつかあるが……どれも人間にとって大きな脅威《きょうい》だ。

「ああ。植物系の魔物《モンスター》だけでなく、植物そのものも暴走させるらしい。西の国《ウェストランド》のさらに西、『シンド大森林《だいしんりん》』と呼ばれる場所……あの一帯はその〝金色姫〟の出現で森に変わったんだ」

「……待て、かなりの広さだぞ？」

広げた地図を凝視《ぎょうし》して、ヴィーチャが驚きを押し殺した声を漏らす。

それもそうだろう、森として塗り潰されている部分はエルメリア王国の約三割程度の広さになる。

「同じ規模の大暴走《スタンピード》が起これば、バーグナー領とヴァーミル領をほとんど呑み込んでしまうぞ」

「ああ。バーグナー領はエルメリアでも有数の小麦の生産地。もし森に変わってしまったら、相当にまずいことになる」

さらに言うと、あの位置から森が広がれば、大型のダンジョンが二つ取り込まれてしまうだろう。

そうなれば、一体何が起こるかわかったものじゃない。

「その茨の精霊《ソーンエレメンタル》と交渉の余地は？」

「……残念ながら。口答えに死を以て応じる態度だったよ」

「我が主《マスター》は実際貫かれたからね。普通なら死んでいてもおかしくないが……さすがにレベルが400を超えると物理的な丈夫さが違うようだ」

一瞬、ヴィーチャがぽかんとした顔をする。

「今、なんと言った」

「いえ、吾輩は何も？」

「いや、レベルが400などと……え？」

何故俺の顔を二度見するんだ、ヴィーチャ。

仮にも王がそんな風に取り乱すのはよくない。

「俺のレベルのことはどうでもいいじゃないか。まずは国としてこれにどう対処するかだ」

「む、そうか。しかし、まいったな……。賢爵としてはどう見るか？」

エルメリア王国はモーディアと戦争状態になることを見越して、戦力をそれなり保有している。

だが、その大半は北方面に配置・展開してモーディアに圧をかけているため、国の南に位置するスレクト地方に大規模な軍を差し向ける余裕も時間もない。

それに、今、軍をそんなところに差し向ければ、軍を動かすような事態がエルメリア国内で起きているとモーディアに知れて、奴らにとっては好機となってしまう。

それは避けなければならない。

「……冒険者が足りない」

「ああ、困ったことにな」

そう言った事態で、秘密裏に金を積んで解決をするための手段として有効なのが、傭兵《ようへい》と冒険者である。

こういった対魔物《モンスター》の事案であれば特に、そのような者達が役に立つ。

しかし、現在エルメリア国内での冒険者数は少ない。

そもそも、人口が少ないのだ。

「学園都市《ウェルス》に協力を要請しよう。それとリックに頼んで……ってそうだ！　ザルデンの使節団も来るんだった。この忙しい時に！」

「同時進行するしかないな。アストルには負担を強《し》いることになるが……」

「あと打てる手と言えば、俺の母に手紙を飛ばすくらいだけど……どこにいるかわからないしな」

母のパーティ――通称『最前線の者達《ジ・アルティメッツ》』が、現在どこにいるのかは、誰も掴んでいない。

ただ、毎回かなりの量の『ダンジョンコア』を持ち帰ってくることから、世界各地の『小迷宮《レッサーダンジョン》』を潰して回っているのであろうと推測できる。

もしかすると、『超大型ダンジョンコア』ですら、いくつか入手する目星をつけている可能性もある。

「あの人達なら、もしかすると茨の精霊《ソーンエレメンタル》やら〝金色姫〟でも叩いてみせるかもしれない」

「私はお前も同じに見ているがな」

ヴィーチャが苦笑まじりに俺を見る。

「俺を？　いくらなんでも期待しすぎだよ」

「相変わらず謙虚が過ぎるな、〝魔導師《マギ》〟。実際、茨の精霊《ソーンエレメンタル》とやりあったら勝てるか？」

「充分に準備すれば、そこそこ良い勝負はできるかもしれない。『炎の王《アータルクワルナフ》』や『光の子《ミスラ》』を呼んで、持ち込めるだけの魔法道具《アーティファクト》と魔法薬《ポーション》を準備すれば、だけど」

茨の精霊《ソーンエレメンタル》と戦おうと思えば、それこそ竜種《ドラゴン》と戦うような準備が必要だ。

それに、他の精霊《エレメンタル》達や樹人《トレント》などとも戦わねばならない。

魔王シリクと戦った時のような限定的な戦闘ではなく、野戦に近い大規模な戦いになるだろう。

「ともあれ、〝金色姫〟案件だという確信が欲しい。王議会でもそこが焦点になるだろう。貴族というのは頭が固くて、腰が重いものだからな」

「現状では状況証拠しかないのがな……。どちらにせよ、茨の精霊《ソーンエレメンタル》が国土の一部を占拠しているということで話を進めてくれたらいい」

「次から次へと……。見ろ、王になんてなるもんじゃない」

『井戸屋敷《ウェルハウス》』でしか吐き出せない愚痴を、大きなため息とともに口にした若き王に、俺は少しばかりの同情を向けた。

招かれざる客

「あ、言ったそばから傷こさえて帰ってきて。もう、今度は何があったのよ」

塔に帰ってきた俺を、ミントが仁王立《におうだ》ちで迎える。

ふわもことした生地《きじ》の夜着なので、それほど威圧感を受けることはないが。

「何故ばれた」

「フェリシアから〈手紙鳥《メールバード》〉が飛んできたからよ。きっと黙ってるだろうからって」

「もう魔法薬《ポーション》で治したよ。大事ない」

「そうじゃなくて、また危ないことに首を突っ込んでるんじゃないのって……」

じわりとミントの目尻に涙がたまる。

「あー……その、な？　うん、ちゃんと順を追って話すから。ほら、泣くな」

「アタシもユユもそばにいない時に、一人で突っ走らないでよ」

ぐずぐずと鼻を鳴らしながら、ミントが俺に抱きつく。

そんなミントに抱擁を返しながら、俺は黙り込んだ。

ばつが悪すぎる。

「おかえり、アストル」

そうこうするうちに、昇降機《エレベーター》からユユが現れた。

ミントが知っているということは、ユユも知っているのだろう。

その顔に、少しばかりの心配をにじませている。

「ただいま」

「うん。おかえり。まずはゆっくりしよ？」

「そうだな。ほら、ミント……談話室へ行こう。二人にもいろいろ伝えることがあるんだ」

二人を伴って談話室に入ると、ナナシがふわりと実体化して、キッチンへと向かう。

「あ、ナナシ……」

「奥様方は座って待ってください。茶は吾輩が淹《い》れるよ」

ユユに小さく頷いて、ナナシが足音もなく歩き去る。

使い魔と小間使いは違う……なんて普段は言うが、あれで気の利く悪魔なのだ。

「それで。次は何と戦ってるわけ？」

「結果として襲われただけで戦いにはなっていないよ。相手は茨の精霊《ソーンエレメンタル》だ」

「名前からして茨の魔物《モンスター》かしら？」

ミントの乏《とぼ》しい知識は、毎回ざっくりとしたカテゴライズに収まる。

彼女にとっては〝敵か味方か〟という単純な分別で充分なのだろう。

「精霊《エレメンタル》が、人を、襲うの？」

ユユが眉根を寄せる。

「場合によっては。俺の故郷のすぐそばに……城を建造中だ」

「城……？　『茨の城《キャッスルオブソーン》』？　……もしかして、〝金色姫〟？」

こっそり一緒に禁書庫に潜っていたユユは、俺よりも勘が鋭い。

俺なんて、ナナシに言われるまでさっぱり思い当たらなかった。

「〝金色姫〟？　なんだかかわいい名前ね」

緊張感のないミントの物言いに、俺は苦笑する。

「やることはえげつないけどな。植物を大暴走《スタンピード》させて、周囲を不可侵領域にしてしまうんだから」

「……へ？」

「そうだな、状況的にはほら、前にあった『粘菌封鎖街道』事件に近い。〝金色姫〟が出現すると、周囲一帯を森に変えて、人間の領域を侵食する。取り戻すことは不可能に近い。ほら……この西の国《ウェストランド》のさらに西、海に至るまでの部分が森だろ？　あれがその被害地域だ」

ミントが目を丸くしている。

こういう反応は初々しくて相変わらずかわいい。

「スレクト地方が、全部……森になるって、こと？」

「規模が同じならエルメリア国土の南側のほとんどが森に呑み込まれる。下手をすればそこから国が滅びるかもしれない」

ナナシに差し出された茶を一口すすって、俺はため息を吐き出す。

問題が山積みだ。

直近はザルデンの使節団。

モーディアの不可解な動きの調査。

そして、スレクト地方で発生した茨の城《キャッスルオブソーン》と〝金色姫〟。

使節団に関しては、今回の助力要請の件も含めて、安全に王都まで行ってもらう必要があるので、リックに言った通り護衛につく。

その協議の間に、俺は久しぶりとなる戦いの準備をする必要がある。

これまでのような調査やダンジョン攻略ではなく、茨の城《キャッスルオブソーン》と茨の精霊《ソーンエレメンタル》を……つまり、〝金色姫〟に対抗するための準備だ。

すでに母には手紙を飛ばしてある。

見れば来てくれるだろうが、場所によっては数ヵ月かかるかもしれない。

本来なら、この学園都市《ウェルス》からだって、バーグナー領都《ガデス》まで一ヵ月ほどはかかるのだから。

「アストル、ユユも手伝う」

「アタシも」

「ああ、頼んでいいだろうか。今これに対処するには、人手が足りなさすぎるんだ」

ミントとユユがくすりと笑い合う。

「じゃあ、アタシ達で知り合いの賢人達に声をかけとくね。アストルは準備に専念して」

「……あと、『ダンジョンコア』も、持って、いこう」

実は、現在俺の塔ではかなりの量の『ダンジョンコア』を秘密裏に備蓄している。

事象操作、すなわち『成就』の力を持つこれらの『ダンジョンコア』は、世界を崩壊へと導く『淘汰』に対しての備えである。

もっとも、魔王シリクが討滅され、異界の勇者たるレオンがこの世界から消えてから、『次元重複現象』は今のところ起こっていないが。

……宝の持ち腐れというか、現在俺の塔は、危険な学園都市《ウェルス》でも、特に危険な場所になっているのだ。

「『ダンジョンコア』を使って一気に解決するわけにはいかないの？」

「そうだな……試してみよう。いや、それなら『シェラタン・コア』も試してみるべきかもしれないな」

俺が『シェラタン・コア』を使用できることはあまり知られていないので、危機とあれば王たるヴィーチャに頼むだろう。

「ふむ。おそらく失敗すると思うけどね」

俺の肩へと戻ってきたナナシが、頭蓋を鳴らしながら否定の言葉を口にする。

「どういうことだ、ナナシ」

「精霊《エレメンタル》というものが何か、理解しているかな？　我が主《マスター》」

「魔力《マナ》と理力《オド》の中間要素を持つ存在？」

「その解答だと〝Bマイナス〟しかあげられないね、賢人。いいかね？　彼らは、レムシリアの構成要素だ。現象というルールの中を流れる血液のような存在だよ。風が吹くのも、雨が降るのも、火が燃えるのにも、彼ら精霊《エレメンタル》が関与している」

久しぶりの先生モードになったナナシが、細い指を立てて振りながら説明する。

「彼らは理力《オド》であり、魔力《マナ》なのだ。我々、このレムシリアに実体を持つ全ては彼らの影響下にある。信じられないかもしれないが、君達が『命』と呼んでいるものにすら精霊は宿る。人間には理解しがたいかもしれないけどね」

「ナナシ、わからないわ。もっと簡単に」

頬を膨らませたミントに、ナナシが恭しく頭を下げる。

「承知したよ、奥様。端的に表現すると、『ダンジョンコア』による直接攻撃的な『成就』をキャンセルしてくる可能性があるということさ」

「じゃあ、殴って、斬って倒せばいいいんじゃない？」

あっけらかんとミントが言う。

「その通り。奥様は、実に単純明快に賢い。素晴らしい解答だよ。〝A〟をあげよう」

結局のところ、最も有効な解決策というのは武力的な直接介入を行なっての物理的な制圧である。

何せ、相手は人間の言葉を便宜上話しているだけの、全く異次元の価値観を持った『精霊《エレメンタル》』だ。

人間の思惑で彼らの行動を阻止するのは困難を極める。

説得や懐柔《かいじゅう》はまず無理で、妥協点を見出すことなど不可能に近いだろう。

あの茨の精霊《ソーンエレメンタル》と契約できるような才能豊かな森人《エルフ》でもいれば話は別だが。

「でも、そうなると……結構無理することになっちゃうわね」

「ん。すごく、危ない」

戦うとなれば、茨の精霊《ソーンエレメンタル》を筆頭に、土の精霊《ノーム》や風の精霊《シルフ》、それに植物の精霊《ドライアド》も相手にせねばならない。

そもそもにして、精霊《エレメンタル》に戦いを仕掛ける……それは自然の脅威そのものに対して無謀《むぼう》な戦いを挑むに等しい。

「とはいえ、精霊《エレメンタル》達がこのような行動を起こすこと自体がおかしい……おかしいというか、多数の精霊《エレメンタル》があぁして絡んでいる以上、あの築城されつつある茨の城《キャッスルオブソーン》は〝自然現象〟なのだ。

言いかけて、放っておくわけにもいかないしな。あのままじゃ、俺のプランが台無しだし……」

ここにきて、俺は言葉を呑み込む。

「だし？」

しかし、俺は自分のもやもやとした怒りを自覚した。

口にしてしまう。姉妹にはすっかりばれてしまっているようで、せっかく言わずに済んだ言葉を結局俺は
「アレは、フェリシアを……俺の家族を殺そうとした。少しばかり、頭に来てる」

正直な気持ちを声に出すと、その思いがより強くなった。

俺の体はずいぶんと丈夫になった。

ミレニアを救出した際に『ダンジョンコア』によって引き上げられた俺のレベル上限は今でも不明で、きっと☆1としては……いや、この世界に住む人間としては、かなり頑丈なはずだ。

その俺が相当な負傷をするような攻撃を、あの茨の精霊《ソーンエレメンタル》は躊躇《ちゅうちょ》なくフェリシアに行なった。

俺が察知して押しのけなければ……今頃フェリシアは重傷を負ったか、命を落としていただろう。

「それで珍しく、怒ってるんだ、ね？」

立ち上がったユユが、俺の頭をそっと抱く。

「ああ……。身内びいきだと言われるかもしれないけどな」

「奥様方が狙われた時は、それはもう恐ろしい報復をしたらしいとは聞いているよ」

「そうなの？」

ミントが目を輝かせて俺を見る。

「ナナシ、誰から聞いたんだ？　そんなこと」

「ヴァーミル卿を少しばかり酔わせて」

リックめ。

少しばかり説教《おはなし》が必要なようだ。

あれは、俺にとってもあまり表沙汰にしたくない話だというのに。

「アストルがアタシ達や家族を大事にしてるっていうのは知ってる。だから、今回は少しなら無茶してもいいわよ。でも、命を懸けるのはなし。いいわね？」

「わかっている。ああ、でも話してよかった。うん、俺は頭に来ているんだって自覚できたよ」

そうとも、レンジュウロウも言っていたじゃないか。

殺意には殺意をもって応ずるのが『フシミ』の流儀だと。

あいにく俺は純粋な『フシミ』ではないけど、その教えを受けた者として、戦場では……否《いな》、敵対する者に対してはこの心づもりを忘れてはいけない。

さんざん、レンジュウロウにも——ミントにすら〝甘い〟と言われてきた。

だが……それは、俺の信条によるものだ。
☆1を否定しない人もいる。
そういうみんなの温かさや優しさを信じるが故に、俺も人を信じようと決めた。

それを甘さと呼ぶのかもしれないが、そのおかげでわかりあえた人だっている。

血の全く繋がらぬ姉となったフェリシアも、そうだ。

だが、茨の精霊《ソーンエレメンタル》は違う。

価値観そのものが違うのだ。

わかり合う気などさらさらなく、俺の家族を奪おうとした。

故に、俺はアレを『敵』と認める。

どんな理由があるのか知らないし、何故精霊《エレメンタル》があんな場所に居座るのかもわからない。

だから、ミントのように単純明快に考えることにした。

——アレは俺の家族を脅《おびや》かす〝敵〟だと。

「やる気になるのはいいけど、やり過ぎないでよ?」

「相手は竜種《ドラゴン》に匹敵する力を持つ大精霊だ……俺の持ちうる力の全てで行く。そのくらい超えてみせなきゃ、『淘汰』は超えられない」

レムシリアの一部地域の中で起こっている問題も解決できないのに、世界そのものの崩壊を司る

『淘汰』に対抗することなどできやしない。

〝金色姫〟問題を可及的速やかに終わらせて、あの茨の精霊《ソーンエレメンタル》に一泡吹かせてやる。

……アレにそんな人間じみた感情があるかはともかくとして、だ。

「でも、その前に……明日からはリックの手伝いでヴァーミルに行くんでしょう？」

「ああ、ザルデンからの使節団が来るからな」

「じゃ、また離ればなれなのね……ちょっと寂しいかも」

最近、とみに甘え上手になってしまったミントが、目を伏せる。

少し前まで調子が狂うなと思っていたが、今ではちょっとばかり胸に来るものがあって、自分でも困る。

「その間に、アタシ達も準備してエルメリアに向かうわ。向こうで合流しましょ！」

「ん。久々の冒険。ユユも、がんばる」

頷き合う妻二人に、俺は温かなものを感じつつも焦りを募《つの》らせる。

せっかく結婚したのに、こうも家をあけっぱなしたままじゃ意味がない。

問題をさっさと全部片づけて、家族で過ごそう……！　このままじゃ、せっかくの新婚生活が台無しだ！

◆

「……と、いうわけなんだ」

混沌《クシーニ》の街の新市街にあるヴァーミル侯爵邸の一室にて、俺はことのあらましを軽く屋敷の主人《リック》に話す。

明日到着予定の使節団を出迎えるために、あらかじめ現地に入っておくのと、リックにも今回のことについて知らせておこうというのが目的だ。

「一人で背負い込みすぎだ。大体、エルメリアの危機なんだぞ？　お前だけがそこまで思いつめる必要はない」

俺のグラスに果実酒を注ぎながらリックが苦笑した。

それに軽く口をつけて、俺も苦笑して返す。

「見つけてしまったからには、知らん振りはできないさ。個人的なこともあるからな」

「フェリシアさんが怪我したって話は聞いた」

「誰から？」

「ヴィクトール王から。〈手紙鳥《メールバード》〉が届いたよ」

当然、第一報は俺からも入れたし、おそらくシスティル達も俺が渡した魔法道具版《アーティファクト》〈手紙鳥《メールバード》〉で報告を入れただろう。

それにしたって、情報共有が早すぎやしないだろうか。

「アストル、少し落ち着け。魔物《モンスター》が人を襲った……それだけの話だ」

「そう単純じゃないんだぞ？」

「いいや、そのくらい単純でいいんだよ。オレをはじめとする、〝魔導師《マギ》を知る者達〟全員に知らせが届いてるはずだ」

「なんのためにだ」

「お前が恐ろしい無茶をしでかさないようにするためにだよ……。半年前の惨劇《さんげき》をオレは忘れていないからな」

半年前……さて、何かあっただろうか？

「なに〝レモンもらった猫〟みたいな顔してるんだよ。エルメリアカーツ残党の事件だよ」

「ああ……。俺は、後悔はしてない」

リックが口にしたのは、モーディア本国からも見放されたエルメリアカーツの一部組織が、俺のことを嗅ぎつけて襲ってきた事件のことだ。

その事件の裏には、二十二神教会の大神殿を裏から操るある枢機卿《すうききょう》の影があり、権力と扇動《せんどう》、そして実力行使をもって俺を追い詰めようと画策した。

その頃のヴィーチャは今よりもずっと急進的で、☆差別撤廃を大々的に打ち出そうとしており、教会との対立が深まっていた時期でもあった。

それ故に、枢機卿にも焦りがあったのかもしれない。

その結果として投入されたのが〝執行者《しっこうしゃ》〟だ。

これについて、俺達はモーディアという国を再度脅威として認識することになった。

俺は賢人として、そして瘴気《ミアズマ》を多少なりとも研究した者として、それに気付くべきだった。

瘴気《ミアズマ》は☆5を容易く変異させ、☆1には効果が薄まる、程度にしか考えていなかったが、実情は全く違う。魔力《マナ》によく似た性質を持っているということまで突き止めていながら、その汚染深度についてはほとんど考えなかった。

☆1が『悪性変異《マリグナント》』に変異した者。

それが〝執行者〟の正体である。

まるで蓄積される〝経験〟のように、☆1の体に蓄積された瘴気《ミアズマ》は――☆5が最初の成長《レベルアップ》で花開くみたいに、強力な『悪性変異《マリグナント》』を誕生させるのだ。

そして、その素体となっていたのは……フェリシアの弟だった。

カーツの中で蔑まれ、鞭打《むちう》たれ、絶望し、凝縮《ぎょうしゅく》していく怨嗟《えんさ》に大量の瘴気《ミアズマ》を注ぎ込まれて作られた、『悪性変異兵《マリグナントソルジャー》』の試作品《プロトタイプ》。

それが俺の前に立ちはだかった、あの〝執行者〟なのだ。

救うこともできず、激しい戦いの末に……俺はこともあろうに姉《フェリシア》の目の前で、〝執行者〟に止《とど》めを刺すことになった。

言い訳じみてくるが、そうするしかなかったのだ。

そうでなければ、姉妹か、俺か、フェリシア自身が犠牲になっていた。

「カーツにとってもそうなんだろうが、オレらにとってもお前のキレっぷりったらなかったぜ」

「フェリシアの弟なら、俺にとっては兄弟になる」

家族を手にかけさせておいて、安っぽい謝罪や懺悔《ざんげ》が通用するなんてムシのいい話はない。

追い詰められて、元は小迷宮《レッサーダンジョン》だったらしい地下神殿遺跡に立てこもるエルメリアカーツ残党と枢機卿を追って、俺は一人でそこへ向かった。そして、いくつかの禁呪と古代魔法でこれを制圧した。

いや、取り繕《つくろ》うのはよそう。

――皆殺しにしたのだ、俺が。

一切の慈悲をかけなかったし、話し合いの余地も持たなかった。

最期まで〝☆1など云々……〟と叫《さけ》んでいた枢機卿は、遺跡ごとペシャンコになってしまったし、武装していた狂信者は老若男女問わず奴と運命を共にした。

あの時の俺は相当に頭に来ていたと自覚している。

心の奥底から冷たいものが湧き上がってきて、それが俺の自制心をすっかりと焼いてしまったのだ。

生きていることがわかったフェリシアの本当の弟を、フェリシアの仮の弟たる俺に手をかけさせたこと。それを彼女の目の前でさせたこと。そして奴らがそれを正しいと信じていること。

……何もかもが、俺にとって彼らを滅ぼす理由になりえた。

「……今回は、抑えろ。フェリシアさんは生きてる。……そりゃあ、オレ達だけだと不安かもしれないが」

回想する俺に、リックが低い声で告げた。

「相手は〝金色姫〟と茨の精霊《ソーンエレメンタル》だぞ？」

「どうしようもなくなったら、アルワース賢爵の知恵と力を借りるさ」

そう言って、リックがグラスを一気に呷る。

アルコール少なめの果実酒とはいえ、豪快《ごうかい》にいきすぎではないだろうか。

「アストル、一人で突っ走るんじゃねぇ。お前、一回死んでるんだからな？」

「ああ……でも、あの時とは違うよ」

「違わねぇよ。いよいよ行くってなら、オレにも声かけろ。一人よか二人の方が良いに決まってる」

「わかったよ、リック」

「他の奴にもな。ユユちゃんとミントちゃんから言われてるんだ。お前の手綱《たづな》はオレらみんなで握るってな」

まるで俺が暴走する馬みたいじゃないか。

「しかし、なんだって災害がエルメリアに集中するんだろうな」

「さぁな……。いや、俺達の見聞が狭いだけかもしれないぞ？」

差し出されたリックのグラスに果実酒を注ぎ入れながら、リックの指摘に関して思考を巡らせる。

リックの言うことは的を射ている。

俺は『淘汰』に対応すべく、世界情勢や災害についてかなりの情報網を構築してはいるが、エルメリアの地ほど異変が起きている場所はない。

「それは端的に言うと、この地が〝特異点〟となっているからだろうね」

勝手にグラスを一つ持ちだしてきた小さいナナシが、テーブルの上にひょいと飛び乗った。

「特異点?」

「ああ、これは推論の域を出ないけどね……」

そのグラスに注ぎ込まれた果実酒を両手で傾けつつ、ナナシが頷く。

「レムシリアの『淘汰』をこの地で三回もはねのけたんだ。世界の構成素たる精霊《エレメンタル》どもが、ここを重要視してもおかしくない。つまり、あれらはこの場所を保護するために動いている可能性があるってことさ」

◆

翌日、ヴァーミル侯爵邸はザルデンの使節団を迎え入れていた。

色鮮やかな衣装に身を包んだ使節団の重鎮達《じゅうちんたち》は、俺達の歓待を喜んでくれたものの、疲れた様子を隠そうともしなかった。

「ようこそおいでくださいました、デミントン侯爵」

「こちらこそお招きいただいて光栄だよ、ヴァーミル侯爵」

豊かな髭《ひげ》を蓄えたがっしりした体格の老人がザルデン式の貴族礼をとり、椅子に腰かける。

二人を視界に入れつつ、俺は周囲の人間を観察した。

護衛や下働きを入れないのなら、ザルデンの使節団は総勢十名。

一番位《くらい》が高いのはリックと向かい合うデミントン侯爵だ。

ザルデンでは王の補佐役を担《にな》う優秀な人間だと聞いている。

なかなかの大物である。

その隣で少し緊張した顔をしているのは、オールトレセス半島を治めるメルジェン伯爵。

俺達がかつて訪れた港町『サウザンリーブス』も彼の管轄下にある。

……宿屋のミーシャさんや海賊のドアルテは元気にしているだろうか？

「改めまして……ようこそ、エルメリア王国へおいでくださいました。短い間ではありますが、当屋敷で旅の疲れを癒してください」

使節団はここに三日間滞在する予定だ。

実際に休憩の意味もあるが、検疫の側面もある。

「して、そちらの御仁《ごじん》は？」

リックを見ていたデミントン伯爵の値踏みするような視線が、俺へと向けられる。

ヴァーミル侯爵の値付けは終わったらしい。

「彼は私の個人的な相談役《アドバイザー》です。元冒険者仲間でしてね」

「ほう、〝竜殺し《ドラゴンスレイヤー》〟の仲間ですか。きっと腕が立つのでしょうな」

「ええ。案内の際も私と共に護衛につきますので、顔見せをと思い、同席させました」

リックはこのところでずいぶんと貴族の腹芸が板についてきた。

嘘は言っていないが直接俺を指すこともない、上手い説明をしてくれて助かる。

俺は使節団の不躾な視線に対し、小さく頭を下げて応じる。

冒険者上がりが貴族礼など取ると不自然だしな。

「あいわかった。では、紹介へと移らせていただこう」

デミントン侯爵が並んで座る使節団に目配せすると、それぞれが軽い自己紹介を始める。

爵位のない者は、高位貴族の子息であるらしい。

後学のためにってやつだな。

一通り終わると、リックが笑顔で告げる。

「ここ、クシーニは〝混沌の街〟などと言われる冒険者の街です。観光は自由にしていただいても大丈夫ですが、できるだけ新市街から出ないようにお願いいたします。旧市街にお出になりたい場合は、館の者にお申し付けください。……案内なしでは危険かもしれませんので」

以前混沌《クシーニ》の街と呼ばれていた場所は、今は旧市街と呼ばれている。

確かに柄《がら》のいい場所ではないので、少しばかり脅《おど》しておいた方がよさそうだ。

浮かれて愚かな行動をとる貴族はいないとは思うが、観光気分で入っていけば迷子になったり物《もの》盗《と》りに出くわしたりする可能性は高い。

新市街は、いわゆる領主館のある貴族地区的な側面もあるので、比較的治安は良い。

しかし、旧市街は例の魔王事件で流入してきた人間も多い。☆の低い……いわゆるスラム出身のような人間も多くいたので、以前俺達がダンジョン攻略に訪れた時よりも少しばかり治安が悪化しているのだ。

「わかりました」

「では、皆様のお部屋に案内させます。なにぶん新興若輩の身の上ですので、至らぬこともあるかと思いますが、旅の疲れを充分に癒してくださいませ」

リックが目配せすると、扉前に控えていた家令が恭しく礼をとって扉を開ける。

その先にずらりと案内役の使用人が並んでいるのが見えた。

その様子に軽く驚きを覚えながらも、俺はリックの貴族らしい成長を嬉《うれ》しく思った。

俺とリックは、学生時分は理由こそ違えど『迷宮伯《めいきゅうはく》』になると意気込んでいたので、ちゃんと貴族をしている彼を……夢を叶えた親友の姿を見るのは、なんだか自分も誇らしい気持ちになる。


使用人に案内され部屋を後にする使節団の面々を握手と礼で送り出したリックが、ゆっくりと深いため息をついて椅子に座り込む。

「ああ……疲れた」

「おいおい、あんまり気を抜くなよ。誰か戻ってきたらどうするんだ」

「なら、扉に魔法で錠《じょう》をかけてくれ」

俺は苦笑しつつ、言われた通りに扉に魔法の鍵をかける。

ついでに消音魔法で音が漏れないようにしておいた。

さすがに相手も貴族だ、子飼いの斥候《スカウト》の一人や二人は連れてきているだろうし、こちらに探りを入れてくる可能性はある。

この情けないヴァーミル卿の姿を報告させるわけにはいかないからな。

「とりあえず、出迎えは問題なかったな。リック、出発までは何かあるのか？」

「いいや、何も希望がなければ、屋敷と新市街で休んでもらう予定だ。この街の特性から、あまりうろうろされても困るしな」

リックは水差しからグラスに水を手ずから注いで、一気に飲み干す。

「はぁー……警護計画も練ったし、あとは無事にバーグナー領都《ガデス》へ送るだけだ」

「結局、交代制になったのか」

「ああ、ここからバーグナー領都《ガデス》まではオレ自身が、そこからラクウェイン侯爵領まではミレニアが、その先は王城の案内までラクウェイン侯爵様がエスコートする手筈《てはず》になってる」

変則的ではあるが、納得はできる。

まずは新興ではあるが関係の深いリックが出迎え、次に歴史あるバーグナー領辺境伯のミレニアが案内し、最後に王の側近とも言えるラクウェイン侯爵が王城まで付き添う。

ザルデンにとっては徐々にアウェイになるわけだが、エスコート役が徐々に上役になるので、文句は言えない。

見知ったリックが王城までエスコートするとなれば、ザルデン使節団は心に余裕を持ってしまうかもしれないという考えもあるのだろう。

誰の入れ知恵かは知らないが、駆け引きとしては上手い。

「我が主《マスター》。使節団の中の一人、注意した方がいいかもしれない」

姿を現したナナシが、頭蓋を傾ける。

「何かあったか？」

「一番端に座っていた……メリゼー子爵家《ししゃくけ》の名代《みょうだい》だけどね、妙に我が主《マスター》を気にしていた。もしかすると素性を知っているのかもしれないよ」

「それは良くないな」

「やれやれ……アストルは有名と言えば有名だからな」

リックが苦笑しながらため息をついた。

「どうする？　トラブルになる前に退散するか？」
☆1について良い印象を持つ者はいない。
エルメリアに比較的似た気風を持つザルデン王国においても、やはり☆1は迫害対象だ。

それが、貴族同士の顔見せの場に居たとなれば、問題になる可能性は高い。

「そりゃ困る。アストルには王都まで同道してもらうんだからな」

「そうなのか？」

リックについて王都まで行くつもりではあったが、まさかエスコート役が代わっても俺がついていくことになるとは、少し意外だ。

「ていうか、王城内もお前がついていくらしいぜ」

「どうしてそんな話になっているんだ」

「我が王の判断だよ。諦めろ」

そう笑うリックに、今度は俺が盛大なため息をつくことになった。

◆

その夜、リックと別れて旧市街にあるレンジュウロウの屋敷へと向かった俺は、ナナシの小さな警告を受け、小道へと入る。勝手知ったるなんとやら、だ。

裏道小道、加えてわき道をするすると進んで、小さな井戸広場へと到着した俺は、井戸に腰かけて追跡者を振り返る。

「何かご用ですか？」

俺の言葉に少し驚いたような、なんとも言えない顔をして、追跡者らしい男女が立ち止まった。

男の方は腕こそ良いが魔法への警戒が甘すぎたし、女の方は単純に追跡が雑だ。

二人組《ツーマンセル》での追跡は、お互いの息が合っていないといけないのに、この二人はまるで合っていない。

足音を殺すのはなかなか上手いが、気配は駄々《だだ》漏《も》れだし、追跡を入れ替わる《スイッチする》時に軽く俺を見失ったりもしていた。

「何故わかった……!?　この男、やはり油断なりませんよ」

「黙ってろ、俺が話す」

女を押しのけて、男が前に出てくる。

立場は男の方が上かな？

「……それで、ご用件は？　物盗りの類ではないと思いますが、追い回されるいわれもありませんので」

「☆1風情がぬかす」

軽率な奴だ。

その一言で、例のメリゼー子爵家の名代の差し金だとわかってしまうだろうとは、想像できなかったのだろうか。

もう少し言葉を選ぶなりしないと、簡単に所属がばれてしまうぞ。

残念ながら、もう手遅れだけど。

「俺は名乗りもしてないし、あなた方も知らない。それなのに、いきなりそんな風に言われる筋合いなんてありませんけどね」

「……質問に答えてもらおう」

俺の抗議を無視して、男がそう言った。

強引な物言いだが、質問してもらった方が、手間が省けて助かる。

俺はどうぞ、とジェスチャーしてみせると、それが気に入らなかったのか、追跡者二人が険《けわ》しい視線を向けてきた。

とはいえ、彼らがこちらを害することはもはや不可能なので、俺の心には少しばかり余裕がある。

魔法使いに時間を与えすぎだ。

「お前は何者だ？」

「〝能無し〟アストルなんて呼ばれる元冒険者です」

「☆1が何故ヴァーミル卿の側付きになっているんだ？」

「ご縁があったとしか。以前、同じパーティにいたんですよ」

嘘と本当を半々で。

これはちょっとした話術のコツだ。

「……まあ、いい。ザルデン使節団の護衛につくそうだが、断れ」

「雇い主はヴァーミル公ですので、そちらへおっしゃってください。☆1が侯爵様の仕事を断るなんてできやしませんよ」

俺のわざとらしいため息に、いよいよ苛立《いらだ》ちを抑えることができなくなったようだ。

二人はマントに隠した黒塗りの短剣を静かに引き抜く。

「ならば痛い目を見てもらうしかあるまい……！」

「相手は☆1だし、殺しちゃってもいいよね」

軽くおっしゃってくれるが、それは困る。

「やめてくれませんか。メリゼー子爵家の家名に泥を塗ることになりますよ」

「☆1風情が貴族の名を口にするなど。不敬罪だ、今すぐ処断してくれる」

そう一歩踏み出した男が勢いよく滑って、後頭部を石畳に打ちつける。

その男に向かって指を振り、〈拘束Ⅱ《ホールド》〉を飛ばして動きを封じた俺は、女へと向き直る。

「☆1風情に撃退拘束されたなんて知られれば、家名が泥まみれですけど、大丈夫ですか？　あなた方は、口封じにあったりしませんか？」

　これは本当の心配だ。

　いっぱしの間諜であれば、多少尋問されても口は割らないだろうし、白状させるような魔法や魔法薬に対していくらか訓練はするものだが……どうも、この人達は不安すぎる。

　あっさり家名やら何やらばらしてしまうと判断されていたら、捕まえたところで人死にを出すだけだ。正直、俺が知ったことではないが、後味は悪い。

「な……なんなのよ！　テッシを離しなさいよ！」

　名前まで言っちゃうとか、本当に迂闊《うかつ》が過ぎる。

　いよいよ不安になってきた。

「殺すと脅してきた相手を、そう簡単に解放するわけがないでしょう。あなたも、降参するんなら早めにお願いします」

「☆1に降参するくらいなら、死んだ方がましよ！」

　女が威勢よく言い放った。

　俺は魔法の拘束具で身動き一つとれない男に問いかける。

「えーと、テッシさん？　そうおっしゃってますけど、お気持ちは同じでしょうか？」

　治安の悪い旧市街の路地裏で死体が一つ二つ見つかったところで、そう大きなニュースにはなりはしない。

　間諜か暗殺者の類にしては下調べも全く足りていないようだ。

「貴様、何者だ……！」

痛みをこらえながら、男《テッシ》が呻くように問う。

「質問しているのはこっちなんですけどね。何度も言いますが、俺は〝能無し〟アストル……元冒険者ですよ。それであなた方は？　所属と用件がはっきりしたら、帰ってもらってもいいんですよ？」

実際のところ、そうしてもらった方が助かる。

貴族お抱えの腕の悪い間諜を殺したところで、問題にしかならないしな。

「バカにするな！　あたいら誇り高き『砂梟隊《スナフクロウたい》』は、死なんて恐れない！」

「おい、バカ、黙っていろ！」

どうやら、この女間諜はひどく頭が悪く、とてもよく回る舌を持っているようだ。

驚くほど、〝仕事〟に向いていない。

むしろ、俺に情報を渡すためにエルメリアが潜入させた逆間諜なんじゃないかと、疑ってしまうほどだ。

「『砂梟隊』については、後ほど調べさせていただくとして……正直、降参してくれると助かるんですけどね」

「それはできん相談だ」

「何故？」

俺の質問に、男《テッシ》は押し黙る。

「隙あり！」

まったく、俺のどこに隙があったのか問い詰めたいところだが、女が突然得物を投擲《とうてき》してきた。

まさか、〈矢返しの加護《ミサイルリフレクション》〉をこの状況でかけていないとでも思ったのだろうか。

当然だが、投げられた短剣は俺には届かず……〈矢返しの加護《ミサイルリフレクション》〉によって、弾き返された。

矢弾を敵へと弾き返す〈矢返しの加護《ミサイルリフレクション》〉であるが、そもそも狙いが甘かったのか、短剣は女でなく男《テッシ》に向かって飛翔し、その腹にさくりと刺さった。

もしかして、ここまでは俺をだますための演技で、男《テッシ》を始末したのだろうか？

「ぐああ……」

「ああ、テッシ！」

女の様子から見るに、そうではないようだ。

これ以上放っておくと、事態の悪化しか招きそうにない。

仕方なく俺は騒《さわ》がしい二人を魔法で眠らせて、一通りの治療を施《ほどこ》してから〈手紙鳥《メールバード》〉をリックへと放つのだった。

◆

「帰り道にご苦労なこった。だからうちの屋敷に泊まってけって言ったのに」

戻ってきた俺に、リックが苦笑を見せる。

「クシーニは久しぶりだし、レンジュウロウさんの屋敷の様子を見ておこうと思ったんだよ。それで、彼らはどうする？」

「正直困ってる。無罪放免にしちまおうかと思っているくらいだよ」

拘束して連れてきたものの、やはり扱いには困るようだ。

「『砂梟隊』と名乗っていたが……」

「ああ、もうそれだけでメリゼー子爵家子飼いってわかっちまうな」

「そうなのか？」

リックが呆れ顔で頷く。

「ああ、砂梟はザルデンの最南部を治めるメリゼー家の紋章だ。なんだって名乗っちまったんだ？こいつらは」

「俺が聞きたいよ。しかし、襲撃されたのが表沙汰になったら逆に面倒になりそうだな。しかも、下手人《げしゅにん》が図らずも自白《げろ》っちゃってるし。なまじ問い合わせるにも、こっちはエスコート側だ……表立って話題にするのはまずい」

もしかすると、わざと無能な間者を泳がせてこちらの対応を確認しているのかもしれない。

これでリックがメリゼー子爵家を問い詰めるようならば、それを政治的に利用するつもりか？

貴族のやることは時折、遠回しすぎてわからないからな。

「まいった。こんなのどうしたらいいかわかったもんじゃないぞ」

リックが眉根を寄せて唸る。

貴族に慣れてきたとはいえ、やはりリックにも難しい問題だったか。

「ラクウェイン侯爵に尋ねるにしても、向こうは〈手紙鳥《メールバード》〉を飛ばせる人員がいないしな」

「アストルの周りが異常すぎるんだよ」

「〈異空間跳躍《ディメンションジャンプ》〉で聞きに行くか？」

「いや……こんなことで手を煩《わずら》わせるわけにもいかない。提案なんだが……聞かなかったことにしたらどうだろうか？」

リックの提案を、少し考える。

つまり、あの女間諜が口を滑らせた話全般を聞いていなかったことにするのだ。それなら、状況的には路地裏でチンピラに襲われたって話で済む。

「旧市街の留置所の一番奥に突っ込んでおいて、一週間ほど預かってもらおう。その頃にはもうオレ達は出発した後だ。金を握らせて、絶対に表に出さないようにしておけばいいだろ？」

「メリゼー子爵家とのことは有耶無耶にできるか……。いや、俺がぴんぴんしている時点で、連中がまた何か手を打ってくる可能性もあるな」

「こんなことなら紹介なんかしないで、しれっと当日に護衛につければよかった」

とはいえ、口ぶりからして俺を使節団に紹介するのは王命であったようだし、どうしようもないだろう。

しかし、メリゼー子爵……俺を知っているとは、どういうことだろうか。

俺にはザルデンの貴族の知り合いなんていないはずなんだが。

「ま、出発まではレンジュウロウさんの屋敷に引っ込んどくよ」

「ああ。それがいいかもしれねぇな……あそこは旧市街だし、そうそう人も立ち入らないから、隠れるにはぴったりだ」

何故俺がこそこそせねばならないのかとは思うが、それ以上に面倒事はごめんだ。

特に、外交問題なんて大事になれば、☆1の俺では分が悪すぎる。

「じゃあ、あの二人はそういうことで」

「オーケー、相棒。ゆっくり休んでくれ」

いくつかの気配隠蔽魔法《けはいいんぺいまほう》を使用して、リックの屋敷の裏口から外へと出る。

衛兵や護衛が屋敷の周りにいるが、俺に気付いた様子はない。

いや、一人だけ俺に気が付いた者がいるが、顔見知りの彼は小さく目礼して返してくれた。

年老いても優秀な人だ。

暗い夜道を、今度は気を付けて歩く。

また誰かに後をつけられたらたまったものではない。

(メリゼー子爵……いったい何者なんだ？　まさかとは思うが、『カーツ』じゃないだろうな)

疑念が膨らむ中、俺は懐《なつ》かしのレンジュウロウ屋敷に到着した。

扉を開けて中へ入ると、少し落ち着いてくる。

懐かしさというか、駆け出しだった頃の自分を思い出して思考がクリアになっていくのを感じる。

あの頃の俺は、できないことをできないとちゃんと自覚していた。

今はなまじできることが増えてしまったので、知らず知らずのうちに増長しているに違いない。

……そうとも。

足りない情報をいくら精査したところで意味はなく、不安が増すだけだ。

それならば、状況が動くのを待つしかない。

準備だけはしっかりとして、だ。

「よし、寝よう」

誰に言うでもなく独りごちて、俺はかつて自分に割り当てられた部屋に入って、ベッドに寝転んだ。

今でもこの屋敷はギルドマスターのクフィーチャの手によって管理されており、いつでもこうして使える状態に維持されている。

レンジュウロウの人徳がなせる業《わざ》に感謝しながら、俺はゆっくりと眠りに落ちていった。

◆

――翌日。

俺は冬の冷え冷えとしつつも爽《さわ》やかな朝日の中を歩いて、懐かしの『青《あお》い猪熊亭《いのくまてい》』へと向かう。

ギルドの女主人《クフィーチャ》はとても情報通なお人だ。

もしかするとザルデンの情勢にも詳しいかもしれない。

メリゼー子爵について何か聞ければ儲《もう》けものだし、何より久しぶりに混沌《クシーニ》の街のバカげた朝飯を食べたい。

とにかく朝夕問わずにどんちゃん騒ぎが好きなクシーニの冒険者達は、朝から宴会をしていることだって多い。

そして、食事はエルメリアとザルデンの折衷《せっちゅう》といった具合で、面白いものが食べられるのだ。

『青い猪熊亭』の大きな扉を潜ろうとすると、槍を携《たずさ》えた若い冒険者が俺に声をかけてきた。

「お、新顔か？」

歳は俺と同じか少し上くらい。

理力《オド》を気軽に削りすぎるせいか、年齢に比べて些か若く見える俺が、駆け出しに見えたのかもしれない。

「馴染《なじ》みだよ。久しぶりにここのモーニングが恋しくなった」

「お、わかる。オレはショウ。あんたは？」

「アストル。〝能無し〟アストルだ。よろしく」

差し出された手を軽く握る。

それだけで、なかなかの手練れらしいことはわかった。

「二つ名持ちとはすごいけど……なんだか不名誉な二つ名だな？」

「俺は気に入っているんだけどね。ところで、クフィーチャさんはいるかな？」

「いるに決まってる。一体いつ寝てるんだろうな？　あの人」

よかった、いつも通りにギルドにいるようだ。

「それより、アストル。あんた、腕は立つのかい？」

「魔法が少しばかり使えるだけだ。二つ名で察してくれ」

この二つ名は俺が一人で行動する時だけ使っている。

他に誰かいたら、目くじらを立てて怒られてしまうからな。

「そうか。近々、バーグナー領都《ガデス》の『エルメリア王の迷宮《ダンジョン》』で大規模な作戦があるって聞いたんで、誘おうかと思ってよ」

「ああ……。ショウは参加するのか？　もしかしたら現地で会えるかもしれないな」

「なんだ、あんたも参加するのか。だったら、同じパーティになるかもしれねぇな！　そん時はよろしく」

「こちらこそ。じゃあ俺はそろそろ行くよ。クフィーチャに用があるから」

人好きのする笑顔で別れ挨拶をするショウに軽く手を振って、俺は酒場の奥へと進む。

カウンターで忙しげに帳簿をめくっていた目つきの鋭い小人族《レプラカン》が、俺の気配に顔を上げる。

「はん、懐かしい顔じゃないか。ボーヤからいっぱしの顔になった。それで？　アタシに何か用かい？」

鋭い目つきのまま、ギルドの女主人《クフィーチャ》が口角を吊り上げた。

カウンター越しに俺が用件を話すと、彼女は不敵な笑みを浮かべたまま頷く。

「——ああ、昨日の事件のことは把握してるさ。ボーヤの目撃情報も口止めしてあるから、アタシに感謝しな」

さすが街の表裏を取り仕切る女主人は年季が違う。

「ありがとうございます。それで……砂梟について、知っていることがあれば教えてほしいと思いまして」

クフィーチャのカウンターに小さな金属音を立てながら金貨を三枚、積み上げる。

ちらりと目をやると、クフィーチャがその目をすっと細める。

心の中で小さなためため息をつきつつ、俺は金貨をさらに二枚重ねる。

「ボーヤもしっかりすれてきたじゃないか」

小さく意地悪い笑みを見せたクフィーチャに、俺は苦笑する。

「いつまでも駆け出しのままではいられませんからね。それに、クシーニではこういうことを学びましたので」

そう言いつつ、カウンターに金貨をもう一枚積み上げる。

それを見て、いよいよ口元を緩めたクフィーチャが、視線で奥の小部屋に行くように促したので、俺は黙ってカウンターから離れて小部屋へと向かった。

あの小部屋は冒険者ギルド関係者が秘密の話をするための場所だ。

かなり高度な情報遮断処理が施されている。

「監視までつけられて……厄介事に巻き込まれているみたいだね」

「ああ、やっぱりいましたか」

ハッキリと感知はできなかったが、うっすらと違和感があった。

昨日、俺を襲った二人よりは仕事ができる人員を配置するあたり、彼らの独断専行というわけではなく、件《くだん》の『砂梟隊』の任務として俺を追っているのかもしれないな。

「それで？　メリゼー子飼いの砂梟についてだったかい？」

「ええ。そう名乗る二人組に昨日襲われましてね……。どんな連中なのか、予備知識が欲しいなと」

「そうさね。まずメリゼー伯爵は知ってるかい？」

「ザルデンの最南部を治める貴族だってことくらいは」

「そう、つまりベルセリア帝国に近しい貴族ってわけさ」

大陸の南、広大な地域を支配するベルセリア帝国。

『超大型ダンジョンコア』を利用しているということで、何度か接見の打診を行なっているが、一向に良い返事がもらえない国だ。

しかし、これで理由の一端は見えた……南部は☆差別の強い地域柄でもある。

「『砂梟』はベルセリアとザルデンの国境線にもなっている砂漠地帯に住む生き物だ。それを家紋に掲げるメリゼー子爵家の意味するところは、両国の情報を双方に伝達するところにある。つまり、公式のダブルスパイってわけさ」

「公然としたダブルスパイになんの意味が……？」

「さぁね、そこまであたしの知ったこっちゃないよ。でも、その砂梟を冠する部隊は聞いたことがある。諜報と暗殺、破壊工作、なんでもござれのエキスパートって聞いてるんだけど……昨日の事件を鑑《かんが》みるに、情報の精度が甘いようだね」

あの二人がザルデンとベルセリア両国間のエキスパートとは思えない。

俺が☆1だから完全に侮った配置で来たのかもしれないが。

実際、今日俺をつけていたという人間に関しては完全に気付けなかったわけだし。

「メリゼー子爵はなんで俺を？」

「そうさね。単純に目障《めざわ》りだからってのかもしれないし、ベルセリア帝国からの依頼なのかもしれない。気付いているか知らないけど、ボーヤは裏の世界の住民にとってはそれなりに知れてるんだ。マルボーナを派手に食い散らかしたあたりからね」

マルボーナは『赤《あか》の派閥《はばつ》』に属する賢人だが、学園都市《ウェルス》の大ギャングと言ってもいいくらいの危険人物だ。

曲がりなりにも裏に通じているような組織が、彼のいきさつを知らないわけがないか。

それに俺は、いくつかの貴族筋を使って賢人アストルの名前でベルセリア皇帝に接見を申し込んでいる。

メリゼー子爵は、ちょろちょろと鼠《ねずみ》のように目障りな☆1を、皇帝陛下への点数稼ぎに潰しておこうという腹づもりなのかもしれないな。

「ありがとう、クフィーチャさん」

「あたしゃ仕事しただけさ。しばらくは後をつけられてると思って行動しな」

「撒く時は魔法でも使いますよ」

「そうしな。しかし、南の連中は魔王を捻っちまうようなのを相手にしてるって自覚はないのかねぇ……」

あの手の☆至上主義者が、それを信じることはまずない。

情報として挙がっていても、一笑に付しておしまいだろう。

……というか、クフィーチャはその情報をどこで掴んだのか？

かなりの情報封鎖を行なっているはずなんだけど。

俺の怪訝な顔を見て、彼女が皺《しわ》だらけの顔を悪い笑みで彩る。

「蛇の道は蛇さ」

「……ははは」

乾いた笑いで返して、俺は部屋を後にする。

相手の素性がわかっただけでも金貨六枚分の価値はあった。

『青い猪熊亭』を出て、背後の気配に気を付けながら、俺は人通りの多い通りを歩く。

時々露店で立ち止まってみたりして、尾行に気付いていないバカな☆1を演じていると、徐々に動きが露骨になってきた。

感知魔法でいくつか仕掛けた罠にも気が付いていないようだ。

チヨや小人族《レプラカン》のスレーバといった一流の斥候《スカウト》であれば、絶対にこんなミスはしない。

……本当に南の大国の諜報エキスパートなのだろうか。

さて、どうするか。これ以上牢屋に放り込むのは悪手《あくしゅ》だぞ。

捕まえて少しばかり情報を引き出したいという気持ちもあるが、藪《やぶ》に棒《ぼう》を突っ込んで引っかき回せば、何が飛び出すかわかったものではない。

ここは穏便に撒いてしまうのがいいだろう。

俺は視線を滑らせて、衣料品店を探す。

この辺りは生活用品の店が多いので、すぐに見つかるはずだ……っと、あった。

店内に入って適当に……と思ったが、せっかくなので少し真剣にカラフルなマフラーを選んでいく。

ずいぶん寒くなってきたし、みんなへのちょっとしたプレゼントとして渡すのもよさそうだ。

「お客さん、ずいぶんたくさん買ってくれるんだね」

「ああ、友人達への贈り物にしようと思って。量が多いので、届けてもらっても？」

「配送料は銅貨二枚だよ」

それに頷いて、俺は銀貨を五枚店主に手渡す。

「場所はレンジュウロウ屋敷に頼むよ。あと、これはつけていきたいので、試着室を借りても？」

「どうぞ。じゃあ、包んできますね」

マフラーを一本片手に試着室へ入った俺は、〈異空間跳躍《ディメンションジャンプ》〉の魔法を使う。

昨日の内にレンジュウロウ屋敷にアクセスポイントを設置しておいたので、移動はスムーズなはずだ。

試着室から客が消えたので店主はびっくりするかもしれないが、代金は支払ってあるし、大丈夫だろう。

魔法でレンジュウロウ屋敷に転移した俺は、そのままキッチンに向かって湯を沸かす。

外をうろうろしてまた付け回されるのも気分が悪いし、今日は一日屋敷の中に引きこもろう。

「あ、しまった。朝飯を食いそこなった……」

仕方なく俺は〝朝飯を一緒に食おう。適当に買って持ってきてくれ〟と紙に書きなぐって、領主様《リック》へ〈手紙鳥《メールバード》〉を飛ばした。

◆

「いよいよ出発だな」

「おう。アストルは気楽でいいよな……オレは馬車で皆さんのご機嫌取りだ」

リックがちらりと視線をやった先には、六頭引きの大きな箱馬車が二台。

内部も国賓《こくひん》が快適に旅をできるように設計された特別製の馬車だ。

あれ以上のサービスを求められたら、さすがに手の施しようがない。

「貴族だろ。ちゃんとおもてなししろよ」

「それを言ったらお前もだろ」

俺の軽口に、リックが恨めしげな目を向けてくる。

「俺はマークされているからな。リックはどのくらい俺の情報が知れているか、遠回しに探ってくれ」

メリゼー子爵だけなのか、それとも使節団全員なのか。

いずれにせよ、俺が厄介な興味を持たれているのは確かだ。

「知られていること自体が、ヴィクトール王の手の内かもしれないけどな」

「ああ、あり得るな」

リックの言う通り、今回の護衛の件、『特異性存在型☆1』の情報露出を増やそうというヴィーチャの意図が見え隠れしないでもない。

「ま、旅の無事だけを祈ろうぜ」

「そうだな。何事もないのが一番だ」

軽く拳を打ち合わせて、持ち場へと向かう。

リックは箱馬車へ、俺は護衛の方へと。

護衛団は元レジスタンスの人間が多く、久しぶりとはいえ、俺の顔を覚えている者も少なくなかった。

おかげで、あまり孤独もストレスも感じずに済みそうだ。

短い槍を二本、背中に背負った男が、俺に気付いて手を挙げる。

「や、お久しぶりです」

「ああ、オーグさん。しばらくぶりです。道中、よろしくお願いします」

「や、こちらこそ。これは楽な仕事になりそうだ」

〝投槍《ジャベリン》〟オーグ。元第四等級冒険者で、二つ名持ちだ。ヴァーミル侯爵直属の騎士として任命されたレジスタンス結成時からリックに協力したことで、ヴァーミル侯爵直属の騎士として任命された異色の経歴を持つ男だ。

二つ名の通り、投槍《ジャベリン》を使った戦いが得意で、その命中精度と威力と飛距離は目を見張るものがあった。

おそらく何らかのユニークスキルを持っているものと推測される。

「警備態勢は？」

「や、こっちの人員は四班に分かれて、それぞれが二十ずつです。午前、午後、夜間、待機でローテーションします」

「かなり大人数だな……」

「や、国賓の護衛ですから、少ないくらいです。ですが、向こうさんの護衛団も随行しますし、人数的には及第点《きゅうだいてん》ってとこですけどね。それから荷物持ち《ポーター》部隊がつきます。食料品やら飼料を管理します」

ここでふと疑問を覚える。

「野営の予定が？」

「や、この大所帯ですからね。全員が宿場町に入れるとは思えませんし、何かトラブルで移動が遅延した場合は、キャンプエリアで泊まることもあると思います」

なるほど。

昔から計画立案が上手いリックのことだ、他の部分も細かく調整がされているんだろう……多分。

「や、アストルさんはどこにも配置されてないので、そこそこに、適当に働いてください。正直、こっちとしてはアストルさんがいるだけで気楽さが違いますから」

「いくらなんでも、持ち上げすぎじゃないですかね」

「や、野盗もモンスターも出ますけど、魔王も魔神も竜も出ませんよ……この辺は」

人好きのする顔でオーグが笑う。

「そんなのが出たら……我らが〝竜殺し《ドラゴンスレイヤー》〟ヴァーミル卿に任せましょうよ」

「や、その時は〝魔導師《マギ》〟も出番ですからね」

冗談をかわしつつ、オーグと一緒に待機用の馬車に乗り込む。

指揮官用の馬車らしく、こちらの馬車もそれなりに乗り心地がよさそうだ。

据え付けられた椅子に座って少しすると、馬車が動き出す。

出発の時間だ。

「……なぁ、あんた」

馬車が動き出してしばらくしたところで、見慣れない男が俺へと話しかけてきた。

ヴァーミルの紋章が入った鎧を着ているので、リックの家の騎士なんだろうが、見ない顔だ。

「や、クルカン君。アストルさんを〝あんた〟呼ばわりはいただけない」

柔和の中にも険を込めた口調で、隣に座るオーグが男に注意する。

「気にしないでいいですよ。それで、ええと、クルカンさんは俺に何か用事ですか？」

「噂《うわさ》の魔法使いって……」

「噂？」

「この護衛団に☆1の余所者《よそもの》がいるって……そいつは魔法使いだって話でよ」

噂の出所は気になるが、昨日までの動きを見るに、使節団側の情報工作だろうと予想はつく。

ここで変に隠して不信の種を蒔くのもどうかと思うので、正直になるとしよう。

「ああ、それはたぶん俺のことですね。☆1で魔法使いなんて条件、俺以外にはいそうにないし」

「なんで☆1が……」

その言葉に含むところを隠そうともせずに、クルカンは俺から目を逸らす。

「や、それは失礼なことだ、クルカン君」

「でも☆1なんだろう？　リックさんの知り合いか何か知らないけど、この場にはふさわしくないんじゃないか？　縁故《えんこ》にしたって、いくらなんでもありえない」

オーグに咎められても悪びれもしないクルカンの言葉に、馬車の雰囲気《ふんいき》が悪くなるのを感じる。

この馬車に乗るのは、リック直属の隊長や副隊長達だ。

つまり、俺の素性やリックとの関係を知る者も多い。

中には、俺と一緒に『悪性変異《マリグナント》』討伐に行ったことがある者もいる。

隊長格である強面《こわもて》の巨漢――グダルモスが、ぎろりと睨《にら》みつける。

「クルカン……クルカン・カーマイン。それ以上さえずるようなら、この馬車を降りて歩いてついてこいや。いや、そんまま街へ引き返せ」

それでもクルカンは怯《ひる》んだ様子もなく俺へと視線を戻す。

「いや、馬車を降りるのは僕じゃないだろ。得体のしれない☆1だ」

「や、クルカン君。今すぐ支度をして馬車を降りなさい。アストルさんは我々が失礼を働いていい相手じゃあない。新参の君は勉強と現実を見る視点が足りない」

「はぁ？　僕はカーマイン……リックさんの、ヴァーミル侯爵家の親家に属するんだぞ？　リックさんに合わせて気安くしてはいるが、お前達平民とは格が違う。命令する権利なんてない」

少し早口に、クルカンが言い放つ。

「や、今の君はヴァーミル侯爵お抱えの一兵卒に過ぎません。本来ならこの馬車にも乗れないくらい下《した》っ端《ぱ》のね」

「ふざけるなッ！」

顔を赤くしてクルカンが叫ぶ。

それに応じて、いよいよ我慢できなくなった隊長格の数名がクルカンに詰め寄る。いずれも元冒険者など叩き上げの経歴を持つ猛者《もさ》だ。

さすがに圧を感じたのか、クルカンは顔色を悪くして押し黙る。

「おっと、おおい……諍いはよくない。いいよ、俺が気に入らないなら、後ろの荷物持ち《ポーター》馬車にでも乗せてもらうさ」

俺は立ち上がって、後方出口へとするりと身を躍らせた。

◆

その日の夜。

宿で一息ついたところで、リックが俺の部屋を訪ねた。

顔を合わせるなり、いきなり頭を下げる親友。

「アストル……すまん！」

「おいおい、侯爵様が軽々しく頭を下げるもんじゃないぞ」

慌てて俺はリックの肩を押し戻す。

「オレの実家のバカがやらかしたって聞いてよ」

「ああ、クルカンさんのことか。ま、俺は気にしてないよ。☆1なのは事実だからな」

「そういう問題じゃないんだ。これからそういう風潮《ふうちょう》をなくしていこうって時に、あんのバカが……！　身内だと思って仕官を受け入れたが、失敗だったぜ」

リックの実家であるカーマイン家は取り潰しが決まっている。

だが、クルカンはまだ若いということやリックの温情もあって、ヴァーミル家への仕官を認めたらしい。

「あいつはこの宿場町で放り出していく。仕官の話もちょっとどうするか考えねーとな……」

「一度の失敗で若者を見限るのは良くないぞ、リック」

「救国の英雄で、国王の覚えもめでたいアルワース賢爵を鼻で笑って罵倒《ばとう》したあげく、馬車から追い出したんだぞ？　縛り首にならないだけマシってもんだと思うぜ」

「素性を知らなきゃ仕方ないだろう。俺は気にしていないから、そう目くじらを立てるな」

リックの肩を叩いてなだめる。

「俺のことは対外的には隠されているんだから、知らなくて当然だ。噂に尾ひれなんかがついて、あることないこと吹聴《ふいちょう》して回られるのも困るしな」

「それでもよ……こんだけ世話になってんだから、☆1云々はともかくとして、お前個人を保証する必要はあると思うんだよな」

「それこそ無用だよ。それには責任が付いて回る……基本的に、俺は自由でいなくっちゃいけない」

俺がエルメリア王国を気にかけるのは、もちろん故郷だとか友人がいる国だからといった理由もあるが、『シェラタン・コア』の維持という側面も大きい。

『淘汰』が起きた時に、対処できるだけの大きな力をいつでも使えるように確保しておくためでもあるのだ。

「アストルがそう言うなら、今回だけは許してやるか……」

「そうしてくれ。侯爵様が☆1に気を遣って身内を放逐《ほうちく》したとあっては、いよいよ角が立つ事態になっちまうしな」

「オレにとっちゃクルカンよりもお前のがずっと身内だっつーの」

大きなため息をついて、リックが盃《さかずき》を呷る。

中身は軽めの麦酒《エール》だ。

「それで……俺のことを探っていそうなのは？」

「メリゼー子爵の名代はもろにそうだな。オレが話を振るまでもなく、お前のことを聞いてきたよ。一応、取り決めたニセの公開情報だけを伝えた」

あらかじめ俺達が偽装用に用意した情報。つまりアストルは〝能無し〟という二つ名で少し知られた☆1の元冒険者である。

以前はリックのパーティに雑用係兼荷物持ちとして所属していた。バーグナー冒険者予備学校でのルームメイトということで情があり、回復魔法を少し使えて、魔法薬の調合もできる便利な奴隷として冒険に同行させていた。

……という、本当のような嘘の情報である。

ちなみに、冒険者ギルドにも協力してもらって、今は〝魔導師《マギ》〟アストルのマスクデータとして〝能無し〟アストルが設定され、多少調べられたところで俺のデータは得られなくしている。

複数の情報筋やら怪しい連中が俺のことを嗅ぎ回っていた時期があって、その内のいくつかと諍いになったため、やむなくそうした。

「あとはデミントン侯爵と、メルジェン伯爵は興味を持っているみたいだな。特にメルジェン伯爵は大海賊ドアルテとお前に繋がりがあることに気付いているみたいだ」

「そりゃそうなるか。ミーシャさんから当然何かしらの報告は行っているだろうしね」

海賊の街サウザンリーブスは、女傑《じょけつ》ミーシャが取り仕切る裏稼業の者が幅を利かせる場所だ。

しかし、それを上手くコントロールして利益としているメルジェン伯爵は、なかなかの切れ者なのかもしれない。

「情報収集をよろしく。俺はテントに戻るよ」

「部屋を用意できなくてすまないな」

「いいよ。俺は俺で、いざとなれば単独行動できるように準備はしてきている」

宿は基本的に直衛の警護と貴族連中が使う。

残りは郊外にテントなどを張って半ば野宿のような状態で夜を明かすのだ。

かつてスレクトへ向かう道中で、宿泊を断られ続けて、今は亡きビジリさんに迷惑をかけた苦い思い出が、浮上してくる。

なので今回俺は、自分が使用するテントを持ってきている。

大型の弩弓《クロスボウ》の矢すら弾く特殊素材でできたこのテントは、俺の自信作だ。

使用感は、ダグ曰く〝小型の要塞みたいッス〟とのこと。

「なぁ、アストル」

「ん？」

部屋を出ようとした俺を、リックが呼び止める。

「その……オレは、お前に何もしてやれないか？」

「どういう意味だ？」

「オレがよ、こうやって大層な爵位を名乗っていられるのもお前のおかげだろ？　なのに、オレは……オレ達はいまだにお前に報いることができていない」

「いいや、充分に俺は助けてもらったよ」

あの日……俺が絶望に落とされた『降臨の儀』の日。

突然の理不尽に怒ってくれたのは、リックだった。
☆1とわかっても変わらぬ態度でいてくれたのが、俺にとってどれほどありがたかったか。
俺が真に一人で立つことを促したのはエインズ達で、手を引いてくれたのはユユで、背中を押してくれたのはミントだったが、あの日……絶望に沈み込まなかったのは、リックがいたからこそだ。

「リック、逆なんだよ」

「逆？」

「ああ。俺は今、恩を返しているところなんだ。お前がいなきゃ、俺はきっと誰にもなれなかった。礼を言うのは、俺の方なんだ」

きょとんとした顔のリックに、俺はなんだかおかしくなってしまう。

そうだ、こういう奴なんだ。

自然体に人を救う。

だから、レジスタンスの時だって、こいつの周りには多くの有志が集まった。あの急ごしらえのレジスタンス部隊がまとまりをもって危機を乗り越えたのは、リックあってこそだろう。

侯爵なんて地位が伊達《だて》や酔狂《すいきょう》で与えられるわけがない。

ヴィーチャは人を見る目が確かな男だ。

これからのエルメリアでは、リックのような人間がリーダーシップをとっていくべきだと判断したに違いない。

「よくわかんねぇけど……アストルがいいなら、ま、いいか」

「いいんだよ、それで。じゃ、また明日」

軽い挨拶をしてから、俺は今度こそ部屋を出る。

警備に立つ衛兵達に会釈《えしゃく》しつつ、出口へと向かった。

うろうろとしているとまた難癖をつけられるかもしれないので、さっさと退散しよう。

宿の出入り口を通り抜け、部隊の多くが野営する場所へと向かう。

「……我が主《マスター》」

肩の上からナナシの囁くような声が聞こえる。

何が言いたいかは俺にもわかっている。

「わかっている。まさか一日目とはね。思ったよりも早く仕掛けてきたな」

「堪《こら》え性《しょう》がないのは、南部の特徴だよ」

おどけるようなナナシの言葉に小さく苦笑して、俺は人気《ひとけ》のない方へと足を向けるのだった。

◆

大通りから離れて、宿場町と草原の境へと俺はふらふらと歩く。

この辺りは穀倉地帯なのだが、収穫が終わった今は閑散《かんさん》とした休耕地が広がるだけだ。

俺の後を追ってくるのは、三人……全員が軽装だが、武装している。

見えている範囲では、他に人影は見当たらない。

「相変わらず器用なことをする」

「〈魔法の目《ウィザードアイ》〉だって、固定化すれば燃費は悪くない」

普通、〈魔法の目《ウィザードアイ》〉は視界だけを飛ばすものだが……俺が少しばかり魔法式をいじって作った〈監視の目《ウォッチャーアイ》〉は、動かせない代わりに魔力《マナ》の消耗が少ない。

魔法道具《アーティファクト》にもしやすい便利な魔法だ。

俺はそれを背中に貼り付けて、後方を監視しながら歩いている。

というか、本当に何者なんだろう。

今いきなり振り向けば、後をつけてくる三人は丸見えなのだが。

仮にも諜報組織の構成員が、こんなお粗末な尾行をするものだろうか？

いや、金で雇われたチンピラの可能性もあるな。

ほどほどに町から離れ、立ち止まる。

〈監視の目《ウォッチャーアイ》〉を強化して、視覚範囲を増強してみたが、やはり三人だけのようだ。

「おい」

どうするべきか考えていたら、驚いたことに追跡者の方から声がかかった。

これでは不意打ちもできないわけだが、もしかすると別に俺をどうこうしようって意図ではないのか？

「はい、なんです？」

「お前が〝能無し〟アストルで間違いねーな？」

一応、ごまかして回避できないか試してみよう。

「いいえ、人違いですよ」

「調べはついてんだよ！」

じゃあ確認しないでほしい。

二度手間だし、ちょっと自分がバカみたいじゃないか。

「なら、なんだって言うんです？　ご用件なら早めにお願いします。もう夜も遅いですからね」

「明日の心配はもうしなくていいぜ」

「どういう意味ですか？」

「お前の人生はここで終わりだって言ってんだッ」

三人がそれぞれ腰の剣を引き抜く。

魔法の武器ではないが、そこそこに良い物であるのはわかる。チンピラが振り回すような粗悪な剣ではない。

「もしかして『砂梟』の皆さんですか？」

「……！　それを知っているなら、ますます生かしておけない」

「やめましょう。あなた方と敵対する意図は俺にない」

念のためにそう呼びかける。

狙われる筋合いについては、少しばかり話し合う必要があるはずだ。

「こっちにはある。それに、☆1ごときを仕留め損ねるわけにはいかねぇ」

「カーツみたいなことをおっしゃる」

三人は俺を取り囲むように幅を狭める。

「カーツとて、全てが間違っているわけじゃねぇだろ」

「そうですか？　正しい部分が少なすぎて、肯定しかねますけどね」

会話の間に〝仕込み〟は終わりだ。

南の方は魔法技術がそれほど発展していないと聞くので仕方ないが……毎度のことながら魔法使い相手にあまりに時間を与えすぎなのは、襲撃者の落ち度というやつだ。

問答無用で跳び掛かってくる魔物《モンスター》の方がずっと恐ろしい。

「……お頭《かしら》！　体が……」

「な……？」

体の異変に気が付いた三人が、剣を落とす。

どうやら魔法が効いてきたようだ。

〈筋力低下《サルコペニア》〉は、俺が最近開発した魔法だ。

弱体系の魔法の中でも少し特殊で、人間を含めた動物のみに有効な持続性のある魔法で、その効果は全身の筋力を徐々に低下させるというものである。

非殺傷性の行動不能魔法として開発したのだが、ミントには〝〈麻痺《パラライズ》〉じゃダメなワケ？〟と一蹴《いっしゅう》されてしまった。

しかし、現状で実用に足る魔法だと確信した。

すでに体幹を保てなくなって膝をつく三人に、俺は近づく。

「ええと、『砂梟隊』の皆さん。今回は、なかったことにしましょう。今回だけです」

「どういう意味だ⁉」

「得物を抜いた以上、ここで死んでてもおかしくないって意味ですよ」

拾い上げた襲撃者の剣を一本拾い上げて、リーダーらしき男の鞘《さや》に戻す。

「本来、命のやり取りっていうのは、一方的なものじゃないでしょう？　☆1だから反撃されないとでも？」

「……！」

冬の冷たい風が吹く中、男の顔に汗が噴き出て伝う。

「俺は〝無能〟なので……うっかり加減を間違えることもあるかもしれませんよ。〝次〟はないと思ってください。いいですか？　〝次〟は、あなた方の命だけであがなえると思わないでください」

耳元で要件をしっかり伝えてから、俺はその場を立ち去る。

向かう先は当初の目的通り、野営地だ。

昼のこともあるから、少しオーグやグダルモスと話をしておきたいしな。

それに、今回の件も、またリックに手紙を飛ばしておく必要がある。

……やれやれ、どうも面倒な話になってきたぞ。

「我が主《マスター》、考え事中に悪いが、お客さんが追加だよ」

ナナシの声で前方に視線をやると、どう考えても俺を見ている人影があった。

ザルカン側の護衛の一人だったろうか？　見たことはあるが、言葉は交わしたことがない若い男だ。

「こんばんは」

「こんばんは。えーっと……」

青年は黙ってマントに隠していたらしい腰の印章を、ちらりと俺に見せる。

砂梟にヨモギの印章。

「メリゼー子爵家の……？」

「次男のグレイバルトといいます。〝魔導師《マギ》〟アストル様で間違いないですか？」

一瞬警戒したが、殺気もなく姿を晒す青年に対し、膝をついて敬礼を取る。

今ここにいるのは、アルワース賢爵ではなく〝能無し〟アストル……平民の俺が、気軽に口をきいていい相手ではない。

状況によっては戦いになるかもしれないが、今はこうするのが正しい。

「ちょっ……いえ、そんなつもりで名乗ったわけでは……！　立ってください。膝をついて詫《わ》びねばならないのは私の方なんですから」

慌てた様子で、俺の前にかがみ込んだ青年が、俺の手を取って立ち上がらせる。

「……グレイバルト様？」

「私に敬称は不要です、〝魔導師《マギ》〟アストル様。少し、お時間をいただいても？」

「もちろん。そして私も呼び捨てでお願いします……その、敬称を受けるべき立場ではありませんので」

俺の言葉に、グレイバルト・メリゼーは困ったように頷いたのだった。

◆

「……では、今回の件は……？」

テントから少し離れた場所にあるテーブルに落ち着いた俺達は、改めて名乗り合ってからすぐに本題に入った。

「ええ、私の兄——ラインノルドの仕業でしょう。あの人は、カーツの活動を容認しているところがありましたから」

「しかし、何故あなたは、こうやって俺と話を？」

「私は、その……気恥ずかしいのですが、あなたのファンなんです」

「……ファン？」

聞きなれない言葉に、思考がついていかない。

ファンというと、支持者や贔屓者《ひいきしゃ》といった意味だろうが……☆1に向けるべき言葉ではない。

特に☆差別をよしとするメリゼー子爵家の次男が、それを口に出すのはどうにも妙だ。

「ええ、信じられないでしょうが。私は、あなたの支持者で……信者といってもいい。きっとザルデンにおいて、私以上にあなたを知る人間はいないでしょう」

キナ臭い話だ。

何故なら、ザルデン王国に俺はあまり行ったことがない。

ここのところでは、去年の夏ごろにベルセリア帝国に向かう道中で縦断したくらいだ。

その際も、俺は素性を隠していたし、観光旅行を装って何か問題を起こしたということはない。

「やはり、信じてもらえないでしょうね。ですが、私は……あなたに命を一度助けられているんです」

「……初耳です。俺は、ザルデン王国にはあまり関わってこなかったもので」

「やはり、覚えておられませんか……。四年前、『サルヴァン古代都市遺跡群《ダンジョンズ》』で……。私はダンジョン浅層にいきなり現れた合成獣《キマイラ》に襲われ、命を失うところでした」

……？

記憶を辿《たど》る。

そうだ……覚えている。

あの日の記憶は比較的鮮明だ。

何せ、俺が初めてダンジョンに入った日で、初めて『ダンジョン攻略者』になった日だからだ。

確かにあの時、先行して壊滅したパーティの生き残りを助けた記憶がある。

「もしかして、あの時、あの時の……？」

「はい。その節は……本当にありがとうございました」

グレイバルトは椅子から立ち上がり、深々と頭を下げる。

所作の一つ一つから育ちの良さが窺える。

「なんだって貴族の子息が冒険者の真似事なんか……」

口をついて疑問が出た。

「真似事とは耳が痛いですが……遊びの延長であったことは認めざるをえませんね。ザルデンにはダンジョンがありませんから、皆憧《あこが》れるんですよ。無限の願望器たる『ダンジョンコア』に」

「なるほど」

少し、納得した。

小迷宮《レッサーダンジョン》の『ダンジョンコア』であっても、ザルデンではひどく稀少《きしょう》だ。

何せ、ダンジョンがないので入手には多額の金を積む必要があるし、そもそも市場に出回りにくい。

しかし、それを自力で入手できれば……成果そのものが評価となる。

言ってしまえば俺が迷宮伯を目指していたように、ザルデン貴族にとっては大きな〝箔〟になるのだ。

グレイバルトのような次男などの爵位を継ぎにくい立場の者は、そういった評価によって自らの身を立てる必要があるのだろう。

「私自身が、冒険者に憧れていたということもありますけど……甘い世界でないのだと思い知りました」

「もう、諦めたんですか？」

「いいえ、いずれまた挑戦したいとは考えています。その時は、ぜひ、先達としてご指導ください」

「☆1の俺が教えられることなんて、たかが知れていますよ」

自然に口から出てしまった言葉を、理性が理解する。

……またやってしまった。

制御できない俺の不利命運《ディスアドバンテージ》によるこの性質は、こういった場面では人に不快感を与えがちだ。

「いいえ、〝魔導師《マギ》〟アストル。それとも、アルワース賢爵とお呼びしましょうか？　あなたほどこの世界で冒険者らしい冒険者はいないと思いますよ」

「……！」

ぞくりと、背中に緊張が走った。

情報封鎖は完璧でないとしても、ザルデンの南、エルメリアから遠く離れた場所の人間が俺のことを正確に把握している事実に、驚きと警戒が一気に湧き上がった。

エルメリア王国の貴族でも〝魔導師《マギ》〟と〝能無し〟と賢爵が同一人物――俺であると知っているのは、ごくごく数えるほどしかいない。

「警戒、されましたよね。申し訳ありません。……当家は、情報を扱う部署がありますので、その、権力にモノを言わせてあなたのことを徹底的に調べました」

俺が腰の魔法の小剣《オーティア》に手をかける前に、テーブルを挟んだグレイバルトはその柄《つか》を押さえる。

滑らかな、訓練された人間の動きだ。

「お許しください、アストルさん。本当に、本当に他意はないんです。ただ、あなたを応援し、信奉《しんぽう》する人間がいるということを知っておいてほしくて……話しすぎてしまいました。確かに学園都市《ウェルス》に人員を配置していますが、それはあなたについて知るためと、護衛のためです」

ゆっくりと柄から手を放し、グレイバルトは椅子に座り直し、頭を下げる。

「あなたが、世界を二度救ったことを私は知っています。あなたの功績を、謙虚さを、そして多大な努力も。信じてください、私は、あなたの味方です」

仮にも貴族の子弟が、こうも軽々と頭を下げるものなのだろうか。

「わかりました。それで……話を戻しましょう。何故、俺は砂梟とやらに襲われているんです？」

「兄は、おそらくモーディア皇国と繋がっています。ベルセリアもあなたのことを警戒しているので、一石二鳥だとでも思っているのでしょう」

エルメリア王国にもモーディア皇国の手の者は紛れ込んでいた。

ザルデンに居たとしてもおかしくはない。

だが、それがベルセリア帝国と情報筋で繋がりを持つメリゼー子爵家となれば、性質《たち》が悪い。

モーディア皇国にとって都合の良い情報が、ベルセリア帝国に流されている可能性が、これでずいぶん高くなってしまった。

俺の謁見要求が却下され続けているのも、それが原因かもしれない。

「兄……現在のメリゼー子爵は、一言で言えば無能です。『砂梟隊』は本来、厳しい訓練を潜り抜けた実力ある人間のみで構成されるのですが、あろうことか有能な隊員に暇《いとま》を出したあげく、知人子息から金をもらって入隊させるなどしています。おかげで今やメリゼーの砂梟は烏合《うごう》の衆《しゅう》と化していますよ」

「ああ、それで……」

クフィーチャから得た情報と、実態が異なるのはそういうわけか。

「私の部隊が明日中に到着します。そうしたら、しばらくはあの不慣れな連中がアストルさんを煩わせることはないと思います」

「部隊？」

「私も、諜報部隊を作ったんですよ。兄に任せていては、アストルさんの正しい情報が入ってきませんからね。半分は引き抜いた『砂梟隊』の人間なので、腕は確かです」

そっと取り出した印章には、ヨモギと梟の意匠が施されているが、少しだけ違う。

梟に耳のような物が追加されている。

「『木菟隊《ミミズクたい》』と名乗らせています……。今後、私と一緒にあなたを補助する者達です」

「今後？」

「はい。偉大なる〝魔導師《マギ》〟アストル……私に、あなた様の救世の手伝いをさせてください」

グレイバルトは膝を折って礼をとる。

「えっ」

俺の驚愕《きょうがく》の声に、肩のナナシが頭蓋を鳴らして嗤《わら》った。

◆

翌朝、俺はリックの部屋を訪ね、昨晩の一件について相談した。

案の定、彼は半笑いの微妙な表情になってしまったのだが。

「そりゃ……また……なんていうか」

「だろ？　信じていいかもわからない」

リックと共に首を捻る。

とりあえず、昨晩のグレイバルトの申し出は保留にしてある。

保留というか、断ったのだが〝もう決めたんです〟という強い意思表示をされたため、少し時間をくれと返事をしたのだ。

「でもよ、それが本当なら、アストルにとっては良いことだと思うぜ？」

「そうだろうか？」

「そりゃ、お前の異常《すご》さってのはよ、肩を並べて一緒に戦うか、敵対しないと理解できない奴の方が多いんだ。それを客観的に評価して、お前の隣に立とうってんだ……南の貴族にしてはあり得ないくらいに良く見えている」

『すごさ』に何か含みがあったような気がするが、気にしないでおく。

「急だったから判断に困る。俺の素性やら経歴やらを全部把握していた。正直、少し恐ろしいよ」

「それを包み隠さずお前に知らせるくらいに手の内を晒してきてんだろ？　そいつなりの気遣いってやつかもな」

なるほど。そういう考え方もあるか。

「ま、オレとしては、アストルがそのくらいの扱いを受けてもおかしくはないと思うぜ？」

「俺が？」

「不利命運《ディスアドバンテージ》だっけか？　お前のあの過ぎた謙虚病……アレのせいで理解ができてねぇかもしれないが。まともな奴が見れば、お前は英雄としての要件を充分に満たしてんだし」

「グランゾル侯爵じゃあるまいし、英雄には程遠いよ」

今も前線で国境を守る、かの〝英雄〟と自分を比べれば、その功績はひどく小さい気がする。

「それと……」

リックが茶を一口含んでから、俺に告げる。

「そこまでの奴を敵に回すのってさ、面倒じゃね？」

「それは確かに」

きっと、グレイバルトの率いる『木菀隊』が本来の『砂梟隊』の姿なのだろう。主《あるじ》のために、必要な情報を過不足なく秘密裏に集める。

情報というのは、やはり個人の主観が入りがちだ。

しかし、グレイバルトがあのように俺を評価しているということは、情報収集を行なった者が極めて現実的かつ客観的に俺の情報を収集したということだ。
☆1であるからということの世界では当たり前の主観を完全に消して、グレイバルトに報告を行える密偵集団……確かに、味方としてこれ以上の存在はない。
そして、これが敵に回った場合……非常に手強《てごわ》い相手になるのは目に見えている。

「だろ？　ちょっとヘンかもしれねぇけどよ、オレはアストルの評価を正しくしてくれる奴は一人でも多い方が良いと思う」

「まぁ、ちょっとばかりこだわりがきついとは思うが……悪い人ではなさそうだった」

相手が貴族である以上、腹芸の一つや二つはしているかもしれないが、それでも☆1の俺にああして頭を下げるなんて難しいことだろう。

「少し、彼と話してみるよ」

「おお。本人は身分を隠してるんだろ？　上手くやれよ？」

「ああ、相談に乗ってくれて助かった」

「水くせぇよ。オレに頼れることはいつでも頼ってくれ」

頼もしい親友に見送られて、俺は部屋を後にする。

宿の廊下に出たところで、ふと視線を感じて振り向くとクルカンがこちらを見ていた。

その目には、少しばかりの険が宿っている。

もしかすると、リックからこってり絞られたのかもしれない。

目が合ってしまった以上、気付かないふりもできない。

かと言って、立場上は目下を装っている手前、俺が先に声をかけるわけにはもいかない。

少し迷ってから、足を揃えて会釈をしてその場を後にすることにした。

「お前……もう終わりだからな」

背後から放たれる不穏な言葉に、再度振り向くと、その姿は扉の向こうに消えるところだった。

あれを言うためだけに姿を見せたのだとしたら、幼稚《ようち》が過ぎないだろうか。

リックの親類であれば、もう少しフランクであればいいのに。

気にしていても仕方ないので、俺は宿から出て野営地への道を戻る。

朝一番の宿場町の大通りは、出発する商人や旅人でごった返していて賑やかだ。

こんな光景を見ると、思わず俺はビジリの姿を探してしまう。

『シェラタン・コア』に同化して、事実上消滅してしまった優しい魔王。

彼がひょっこり顔を出して〝やあ、こんな所で奇遇ですね〟と声をかけてきてくれやしないかと、期待してしまうのだ。

少しばかりセンチメンタルな気持ちに浸っていると、フードを目深にかぶった旅人風の格好をした男が俺の隣へと並ぶ。

「おはようございます。アストルさん」

「……！」

声に驚いて視線だけをそちらにやると、旅人に変装したグレイバルトだとわかった。

「歩きながら、できるだけ反応しないでください」

「……どうしてそんな格好を」

「衛兵役は後詰めに引き継ぎました。私のユニークスキルは【変装名人《へんそうめいじん》】といいまして……必要があれば声も変えられますが、今はこのまま。少しばかり、厄介事が起きそうです」

「厄介事？」

「そちら側……ヴァーミル卿の護衛の一人が、ザルデン側の貴族にあなたのことを吹聴して回っています」

そういうことか……！

あのクルカンって奴、やってくれたな。

「参ったな。どんな反応だった？」

「ヴァーミル卿に問い合わせると息巻いている者が半分、様子見が半分でしょうか。あなたの素性を知っているデミントン侯爵と、メルジェン伯爵は無反応です」

「知っている……⁉」

俺の言葉に、グレイバルトは目だけで頷いてみせる。

「ええ、僭越《せんえつ》ながら、私の方から話を通しています。デミントン侯爵は学園都市《ウェルス》とも深い繋がりを持っておられますので、話は早かったですよ」

「メルジェン伯爵は？」

「子飼いにしているならず者から、情報を得たようです。彼はあれで、ならず者達と仲がいい。そのならず者が手放しで認めるあなたのことについても、すぐに納得していただけました」

二日目にして、俺はグレイバルトの手腕に舌を巻くことになった。

この事態を想定していたわけではないだろうが、俺が☆1と露見すると予測していたのかもしれない。

もしそのような事態が起きた場合、使節団の最終的な声を決めるのは一番高位の貴族であるデミントン侯爵である。

そして次点で、件の魔王復活の際に矢面《やおもて》に立って支援をしていたメルジェン伯爵の声が大きくなるはずだ。

この二人を押さえておけば、俺のことで問題が起こっても切り抜けるための活路を開ける。

「これからヴァーミル卿と秘密裏に解決案を模索します。恐縮ですが、事が収まるまで姿を隠しておいてください。できるだけ穏便に片を付けますので」

「あ、ああ。頼んだよ」

「お任せください」

ふわっと揺らぐような気配と一緒にグレイバルトの姿が変化し、消え失せた。

チヨさんの影潜りではないが、人混みに溶けたというのが正しいか。

自分と周囲のコントラストを完全になくして、認知できなくしたのだろう。

指揮者本人までが、優れた密偵である『木菟』。

それが俺の味方だと言ってくれていることに、俺は心底胸を撫《な》で下《お》ろした。

◆

野営地に戻るわけにもいかないので、俺はしばらくぶらついた後、大通りから少し離れた宿屋兼酒場に入ってのんびりとしていた。

向かいの席には、カモフラージュのために人間姿になったナナシを座らせているし、いくつかの隠蔽魔法も使用しているのでそうそう見つかることはないだろう。

「我が主《マスター》、この〝ゴロコロカラアゲ〟を頼んでも？」

ナナシが何やらうきうきした様子でメニューを指さす。

魔力《マナ》があれば食事を必要としないはずなのに、相変わらず人間の食べ物に興味津々《きょうみしんしん》なようだ。

「好きにしろ。ついでに、アワザサラダとポテトフライ、それと果実酒も頼む」

「酒を頼むのであれば、生ベーコンは外せないね。これも追加しよう」

近くでテーブルを拭《ふ》いていた給仕を呼びつけて、ナナシが注文を伝える。

想定よりも二品多いが……まぁ、たまにはいいだろう。

「しかし、あのグレイバルトという男……やり手だね」

先に出された果実酒に口をつけながら、ナナシがニヤリと笑う。

「ああ、驚かされてばかりだ。チヨさんから監視がいるかもしれないという話は聞いていたけど……尻尾を掴ませなかったからな。きっとそれがグレイバルトの、『木菟』だったんだろう」

「吾輩も警戒はしていたはずだが、上手くかわされたってことだしね」

「彼についてどう思う？」

俺の質問に、ナナシが少し考え込む。

「吾輩とて、彼を知ってまだ二日だ。ただ、昨晩の君の前で自分の正体を語る彼はとても緊張していた。演技で魔力《マナ》のゆらぎまで操れるとしたら大したものだけど、そうでないなら、彼は君に真実を話していたと思う」

「信用できるか？」

「我が主《マスター》の判断次第だが、必要ならば神殿で『誓約《せいやく》』をかけさせればいい」

「神殿か……」

かつて色鱗竜《カラードドラゴン》の〝白師《はくし》〟から二十二神についての話を聞いて以来、どうにも俺は教会という場所が不得手なのだ。

しかも、その大神殿を操っていた枢機卿にひどい目に遭《あ》わされたというのも相まって、神殿からは足が遠のいている。

神だのなんだのと言っておきながら、人間に利用されることに寛容《かんよう》すぎではないだろうか。

「二十二神は世界運用に特化した超存在だからね、システム面に関しては信用していい」

「そうなんだろうが……貴族の子弟を連れて神殿に行くというのも、なんだか気が引けるな」

「本人に聞いてみればいい。下手をすればもう誓約をしているかもしれないぞ」

なかなかあり得そうで怖い話だ。

敬虔な聖職者などは自らに戒めを課すために、そういった個人誓約を神殿でする場合もあるらしいが、普通は口約束で終わらせないためにするためのものだ。

俺に関することですでにそれがなされているのならば、グレイバルトの本気というやつがいよいよ侮れなくなってくる。

正直なところ、俺のことを評価してくれるなんて……と、嬉しくは思う。

しかし、あの調子だと俺のために危ない橋もいくつか渡っているのではないだろうか。

もしそうならば、俺は知らず知らずのうちに自分の理解者か友人となるべき人物を危険に晒しているかもしれない。

そう考えると、少しばかり肝《きも》が冷えてしまう。

「酒でも飲みながら気を落ち着かせたまえよ、我が主《マスター》。ほら、料理が来た」

「悪魔ってやつは気楽でいいな」

「失敬な。これでも吾輩はいろいろと気を揉むこともあるんだよ」

湯気を上げるコロコロカラアゲをフォークで嬉々《きき》として刺しながら、ナナシが不満そうな顔をする。

まったくもって様になっていない。

「それにしても、あの小僧。どうするんだろうね」

「クルカンのことか？」

「ああ。ヴァーミル卿にとってはなかなか難しい問題だろう。我が主《マスター》の素性を話すわけにもいかず、かといってこのままでは使節団に不和が広がる。南の連中は☆に厳しいのが多いからね」

南部地域が☆1に厳しいのは、実力至上主義が根底にあるからだ。

今でこそ発展してはいるが、南部地域は本来荒野が広がる未開の地域だった。

そこを開墾した開拓者《かいたくしゃ》魂《だましい》溢れる者達の子孫が、南部地域の支配層であり、根底には弱者を許容しない風潮がある。

努力してもレベルが一定以上あがらず、生来の能力も低い☆1は、文字通りの〝足手まとい〟であり、厳しい南部では無駄飯食らいだと考えられても仕方がないだろう。

また、エルメリア王国以南の地域では、魔法を使える人間の出生が何故か極端に少なく、その発展や理解が非常に遅れている。

つまり、住民のほとんどは肉体労働者であり……身体的に劣る☆1や☆2は、よほどレアなユニークスキルや『先天能力《インヒーレント》』を持たなければ、奴隷のように扱われる。

そんな背景の中、今回の使節団の上層部二人に俺の情報を通してしまうのだから、グレイバルトという男は本当に底が知れない。

「賢爵としての身分を明かすべきかどうか迷うところだけど、それはそれで問題が起こりそうだ」

「☆1に爵位を与えるなんて、頭がおかしい……南の連中ならきっとそう言うだろうね」

「さっきから思っていたけど……ナナシ、ザルデンに恨みでもあるのか？」

「消滅寸前まで吾輩が痩《や》せ細《ほそ》ったのは、彼らが一因でもある。多少は恨んでも罰は当たらないだろう？」

果実酒のおかわりを頼みながらナナシが言う。

得体のしれない魔物として石や矢を浴びせられた身としては、ザルデンに苦い思いがあるのかもしれない。

「しかし、あの小僧はこれで終わりだね」

「かもしれないな。あの軽率さを見れば、とても優秀だとは思えないし……昨日の今日で仕掛けてきたんだ。☆1云々っていうよりも、主君《リック》の命令が聞けないのなら衛士としての目はなさそうだな」
☆1の俺が大きな顔をするのが嫌だというのは、まだわかる。
それは長年の教育に根付いた考えであり、数年やそこらで改革できるものではない。

彼のような貴族社会に生きてきた者にとって、俺が異物に感じるのは仕方がないだろう。

しかし、それとリックからの命令を遵守《じゅんしゅ》できるか否かは別物である。

特に、今回のように護衛などもする軍事組織において、命令に反するということは全体においての弱点になりかねない。

極論すると、俺に膝をついて詫びろと言われればそうしなくてはいけないのだ。

……どんなに☆1が嫌いでも。

もしかすると、事の次第を軽く考えているのかもしれない。
☆1がいるなんて情報を使節団に言いふらすことが、どれほどリスクある行動か全く理解できていない可能性もある。

……だとすれば、余計に悪い。

命令も守れない上に頭も悪いとなれば、そばに置いておくのはかえって危険だ。

寒村で狭い畑でも与えておいた方がまだ使える。

「俺のせいで出発が遅れるのは、なんとも悪い気がするな」

「――アストルさんのせいではありませんよ」

そう言いながら余った椅子に、そっと腰掛けるのは、街人風の格好をしたグレイバルトだ。

「姿、隠してたつもりなんだけどな」

「これくらい見破れないようでは、あなたを追えませんよ。ははは……あ、私も同じものを」

グレイバルトは軽く笑いながら、注文を取りに来た給仕に自らも酒を頼む。

「少し時間が経ったら、出発です。先に軽く祝杯を挙げましょう。全て丸く収まりました。結果を報告しても？」

グレイバルトが目を細めて薄く笑った。

彼が杯を給仕から受け取ったのを確認してから俺は切り出す。

「それで、どうなったんです？」

「アストルさん、私に敬語は不要です。できたらヴァーミル卿に接するように話していただけると……」

「ああ、わかったよ。グレイバルト……これでいいか？」

俺の確認に、グレイバルトは何故か感極まったような顔をする。

ちょっとヤバイ奴なのかもしれない。

「えぇ、話を戻しましょう。必要な情報だけを小出しにしてザルデン側を納得させることに成功しました。いくつか方便もありますので、すり合わせをしておきましょう」

「方便？」

「ええ、あなたが王命を帯びた特別な☆1である、などです。もっともヴァーミル卿の反応を見るに、当たらずといえども遠からずといったところでしょうが」

王都まで護衛に同道させるという話がある以上、ある意味では王命といっても差し支えないかもしれない。

「また、クルカンには伏せましたが、あなたが『特異性存在型☆1』という看板を背負っていることも、ザルデンサイドに伝えています。これについては、露見時の情報操作の既定路線として用意したカードですので、ご了承ください」

「それで納得したのか？　☆1なんだぞ？」

「そのためにデミントン侯爵に仕込んでおいたのです。魔法に疎《うと》いザルデン貴族は、ウェルスの〝塔の主〟の一人であると伝えるだけで充分動揺が誘えます。何せ、ザルデン王国には魔法が使える☆1なんていやしませんからね」

「一人も？」

「探せばいるかもしれませんが、それを学ぶ前に死ぬのが大半でしょう。☆1の扱いというのは、

〝南に行けば行くほど北に近づいていく〟なんて揶揄《やゆ》されるくらいですから」

……ひどい話ではあるが、特別ひどいとも思わない。

☆1の扱いなど、それが普通なのだから。

俺は運が良かっただけで、今こうしている間にも、モーディアでは☆1に瘴気《ミアズマ》を吸わせている連中がいるし、ベルセリア帝国では☆1を奴隷として使い潰すことがまかり通っている。

魔王シリクの残した〝毒〟は、この先も長期にわたって☆1を蝕むだろう。

しかも、それ込みで社会がバランスを保っている以上、いきなり解毒というわけにもいかない。

そんなことをすれば、人間社会のショック死を招く可能性すらある。

「ともかく……あなたに興味を持つ者は増えましたが、想定範囲内です。友好と敵対どちらで対応をとってくるかは半々です。ただ、デミントン侯爵が友好的興味を示しているので、表立っての敵対はないでしょう」

「クルカンは？」

「本日付で任を解かれ、クシーニに送還されるようです。本人は不服を口にしていましたが、ここを有耶無耶にしても、本人はきっとこの先やっていけないでしょう」

同感だ。たとえ俺が☆1だとして、他国にそれを吹聴して回るなんて真似をすれば、外交問題に発展する可能性が高い。それが理解できないようでは、リックも危なっかしくてそばに置いておけないだろう。

こと俺の情報に関して、リックを含むエルメリアの新世代達はひどくセンシティブだ。

「少しイヤな言い方になりますが……あなたの真価という情報を独占していることが、エルメリアにとって大きなアドヴァンテージになっているのは確かです。おそらく、ヴィクトール陛下は、今回の使節団に〝魔導師《マギ》〟の存在を発表するつもりでしょう」

「それをすると、その……真価の情報？　とやらに価値がなくなるのでは？」

俺に真価も何もあるかとは思うのだが、身内しか知らない俺の魔法や魔法道具《アーティファクト》もある。あるいは、レベルの限界を突破した俺という検体そのものを指すのかもしれない。

「ヴィクトール陛下は、とても聡明《そうめい》です。『特異性存在型☆1』に加え、〝魔導師《マギ》〟、〝塔の主〟そして〝賢爵〟。そんな我々ザルカンにとって理解しがたくも羨望《せんぼう》の存在に護衛をさせて恩を売ったあげく、エルメリアの国力を誇示《こじ》するつもりなんでしょう」

「俺はエルメリアの国民じゃないんだけどな……」

「あはは、どう見えるかって話ですよ。実際、エルメリア国民ではないあなたが、ザルカンの親善使節団を護衛し、王宮までついてくるんです。少なくとも、ヴィクトール陛下があなたにそういったことを頼める立場なのだと、我々に示せます」

リックの軽いお願いを軽い気持ちで引き受けたつもりが、まんまとヴィーチャに利用されたってわけか。

相変わらずというか、なんというか……上手く人を使ってくれるものだ。

「あなただとはそう知られてはいませんが、〝魔導師《マギ》〟という二つ名の賢人のことはそれなりに有名です。それが☆1だという話は、噂についた尾ひれの一つだと思っている人が多いですけどね」

噂が独り歩きしたあげく、基幹情報まで削《そ》ぎ落《お》とされるとは。

いや、そのくらい☆1というものが世間にとっては受け入れがたいのかもしれない。

「……報告は以上です。二時間の準備の後、出発となります。あまりゆっくりとしていると、良くないですね」

「グレイバルト」

「はい」

「いろいろ考えたんだけど……やっぱり、俺に仕えるっていうのは考え直してくれ」

俺の言葉に、グレイバルトの顔がへにゃりと情けなく歪む。

完全なポーカーフェイスを保っていたさっきまでとは別人のようだ。

「そんな……至らなさは重々承知の上ですが、なんとか考え直してくれませんか」

「うん。だから……そういうのじゃなくて、対等にいこう」

「対等に？」

「まず友達になろうって話さ。この歳でこんな青臭い台詞を使うことになるとは……なんだか恥ずかしいぞ」

少し耳が熱くなるのを感じる。

「私と、アストルさんが？」

「俺は☆1だし、田舎者だし、平民だから。本来はグレイバルトとこうやって話をすることさえできない立場の人間なんだ」

「そんなことはありません……！　あなたは私の命の恩人で、魔神竜の討伐者で、魔王の討滅者です。尊敬すべきこの世界の英雄です！」

俺の言葉に対して感情を露《あら》わにするグレイバルトの姿に、俺はエインズとレンジュウロウを思い出す。

「ありがとう、グレイバルト。そんな風に言ってくれる人達のおかげで、俺はここにいる。そして、そんな言葉に報いるためになら、戦えるんだ。だからさ、俺達に主従関係は必要ないよ」

「アストルさん……」

俺は手を差し出す。

「改めてよろしく、グレイバルト」

「はい、アストルさん。友として、きっと頼ってください」

「もうずいぶん助けられているよ」

握手を交わして、俺とグレイバルトはお互いに笑い合う。

「ところで、グレイバルト」

「はい？」

「どこまで俺の情報を掴んでいるんだ？」

ちょっと怖くて聞けなかったことを、俺は場の雰囲気と酒の勢いに任せて問いかける。

「そうですね……」

少し考えるそぶりを見せたグレイバルトが、小さく頷いて答える。

「今から東スレクト村の仲の良い幼馴染のフリをしろ、と言われても完璧にこなせるくらいには」

「そ、そうか……」

聞かなきゃよかった。

◆

「キミのような☆1は、どのくらいの数いるんだね？」

斜め向かいに座った痩せぎすの紳士――親善大使の一人、コナゾール伯爵――が、俺ににこやかに問いかける。

表面上にこやかでも、その心中はどうであろうか。

現在、俺はリックや親善使節達が乗る箱馬車の上等なソファに座らされている。

護衛なのだから外にいるべきだと逃げようと――もとい、固辞《こじ》したのだが、ヴァーミル侯爵閣下《リック》が自らそう言ってしまえば、立場上断ることはできなかった。

おかげで俺は、このような居心地の悪い空間で質問攻めにあっているのだ。

「詳しくは……。何分、☆1の身の上でございますので。学園都市《ウェルス》に数人いるというのは知っているのですが」

「ほう、彼らも特異な能力を持っているのかね？」

「賢人様方は皆さん秘密主義ですので……詳しくは」

誤魔化《ごまか》しつつお茶を濁《にご》すのも、そろそろ限界だ。

まったく、リックの奴め……後で覚えていろよ。

「それにしても、アストルといったかな？　君は何が他の☆1に比べて優れているのかね？」
☆1に違いはないですよ、と喉《のど》まで出かかった言葉を呑み込む。
「私は☆1にしては多めの魔力と、魔法を使う能力があります。『先天能力《インヒーレント》』によるもので、☆1としては珍しいと言われました」

「なるほど……それで、ヴァーミル卿の竜討伐にも同行したとか」

「はい。私ができたことは、魔法薬《ポーション》をヴァーミル侯爵閣下にお渡ししただけですが」

嘘は言ってない。

あの時の俺は満身創痍《まんしんそうい》で、リックに秘薬《エリキシル》を放り投げるだけでいっぱいいっぱいだった。

竜討伐を成したのは、間違いなくリックである。

「魔法薬《ポーション》か。わが国には広大な薬草園はあるが、錬金術師や薬師《くすし》は少ない。わが国でも『特異性存在型☆1』を発掘すれば、改善されるだろうか？」

「可能性はありますが……」

しかし、そうなれば大きな問題が生じるだろう。

特別なスキルを持った☆1の存在を、どこまで許容できるかは未知数だ。

案外、南のような実力主義の場所であれば受け入れられるかもしれないが。

「コナゾール卿は熱心でいらっしゃいますな。特異、特殊といっても、所詮《しょせん》は☆1でございましょうに」

コナゾール伯爵の隣に座るカイゼル髭の貴族が、小さなため息を漏らして笑った。

軍服のような出《い》で立《た》ちの彼は、確かスレイル伯爵といったか。

今回の親善使節団の護衛警備を統括するセクションの人間だったと思う。

軍属の貴族としてであれば、今の発言は頷ける。
☆1を軍事運用することを考える軍人はいない。俺達《☆1》は、そのままでは脆弱《ぜいじゃく》すぎて、いかなる軍事行動にも適さないのだ。せいぜい雑用か……矢避けに使えるくらいだろう。
小馬鹿《こばか》にする様子のスレイル伯爵に、リックが反論する。

「彼は優秀です。私が魔神竜を討伐した時に最も活躍したのはアストルですから」

「本人はそうは言っていないようだがね」

「謙虚な奴なんです」

リックは少しばかりむっとした様子だが、上手くごまかしてくれたようだ。

「それで、アストル君。君はどんな魔法が使えるんだね？　ザルデンには魔法使いが少なくてね……」

「そうですね……低ランク魔法であれば、およそ」

俺の答えに、馬車の中がざわつく。

ここにきて、俺はしくじってしまった。

すっかり忘れていた……

普通の魔法使いが使える魔法は、十種類程度。その内、魔導書なしで使えるのはせいぜい二、三種類が関の山……というのが、現状のオーソドックスな魔法使い像だ。

「それはすごい！　さすが〝竜殺し《ドラゴンスレイヤー》〟の配下。☆1といっても優秀だ」

コナゾール伯爵が満面の笑みで喜ぶその横で、スレイル伯爵が疑わしげな目を俺に向ける。

軍事に携わる以上、他の貴族よりも魔法使いに関わる機会が多い彼としては、俺の発言をにわかには信じられないのだろう。

特に、☆1が魔法使いというだけで、彼にとっては疑惑を向けるに充分だ。

どうにも居心地の悪さに胃が痛みだしたところで、馬車が急停車した。

スレイル伯爵が御者窓《ぎょしゃまど》を開けて、声を張り上げる。

「どうした⁉」

「襲撃です！　黒い……人型の魔物が！」

『悪性変異《マリグナント》』か？

なんだってこんなところに。

だいたい、警戒の斥候《スカウト》は何をしていたんだ。

「リッ――ヴァーミル侯爵閣下。迎撃に出ます」

「頼んだ、アストル。気を付けてな」

馬車の扉を開けて外へと飛び出すと、三体の『悪性変異《マリグナント》』が護衛部隊と戦闘中だった。

俺は二本の投槍《ジャベリン》を器用に操って戦うオーグを見つけ、声をかける。

「オーグさん！　瘴気《ミアズマ》防御の魔法薬《ポーション》は飲みましたか？」

「や、半数は飲んでおります！　しかし、ザルデン側の護衛には行き渡っていません！」

「後方へ下げて！　すぐに飲ませてください！」

彼らは貴族の護衛だ。

おそらく☆4や☆5の貴族子息などで構成されているはず……だとすれば、瘴気《ミアズマ》への耐性が低い可能性が高い。こんなところで『悪性変異《マリグナント》』に変異でもされたりしたら、国際問題になってしまう。

「や、グダルモス！　前線を押し上げて隙を作れ！　あちらさんの護衛を下がらせるぞ！」

「おうよ！　任せとけ！」

元冒険者の上級護衛二人は息ピッタリに戦況をコントロールしてくれる。

そんな前線の護衛達に範囲化した強化魔法を掛けて、俺はポーションホルダーから一本の瓶を引き抜く。

——通称、『灰《アッシュ》』。

対『悪性変異《マリグナント》』に特化した特別製の魔法薬《ポーション》だ。

実際のところ、この使節団の情報はどこかしらからか漏れているとは思っていたし、ゲリラ活動を行うエルメリアカーツの連中がこの機会を逃すはずないとも思っていた。

おそらくこの三体の『悪性変異《マリグナント》』は、自分で『穢結石《インピュアリティ》』を摂取して変異したカーツの残党だろう。

「〈必中瓶《ポーションスロー》〉」

無詠唱まで披露するのはどうかと思ったので、投げたように見せかけて『灰《アッシュ》』を発射する。

魔法でコントロールされた瓶は、狙いたがわず『悪性変異《マリグナント》』の一体に命中して、その存在を抹《まっ》消《しょう》した。

「まず、一体。ナナシ、ザルデンの護衛の状況は？」

俺はマントの中に隠れ潜む悪魔に尋ねた。

「まごついているようだ。薬は後にして、吾輩の魔法で瘴気《ミアズマ》を防ぐか？」

「そうしてくれ……このまま乱戦になりそうだ」

しばしの戦いの後。

多少の怪我人は出したものの大きな被害なく、俺達は『悪性変異《マリグナント》』を撃退した。

犠牲が出ずに済んだことに胸を撫で下ろしたのも束《つか》の間《ま》、俺はザルデンの護衛達に取り囲まれることになった。

◆

「頼もう」

二つ目の宿場町に到着し、護衛部隊の野営地設置が完了した頃……俺はザルデン護衛部隊の訪問を受けていた。

彼らの目的は、俺との模擬戦だ。

あの戦闘の後、俺を取り囲んだザルデンの護衛達は、俺について根掘り葉掘り質問を投げかけてきた。

中には俺が☆1だという情報を得ている者もいて、それが信じられないと正面を切って言われた。

親善大使団の軍事担当であり、旅程の進行役でもあるスレイル伯爵は、そのままでは埒《らち》が明かないと判断したのか、〝あとで模擬戦でもして確かめればいいだろう〟と言って場を収めたのだが……

その発言が発端《ほったん》となって、こんな事態に陥っている。

リックにしても〝ああ、適当に叩きのめしてやればいい〟と、妙にやる気でいるのは、スレイル伯爵が俺を鼻で笑ったのを根に持っているからだろう。

俺としては、侮られようが鼻で笑われようが構わないのだが、リックが気にしているのなら、スレイル伯爵の鼻を明かしてやるのも悪くないだろうという気持ちになっている。

「護衛団から有志を連れてきましたぞ」

ザルデン側護衛団の団長である男がごつごつとした手を差し出してきた。

握り返すと、握力を誇示するかのように強く握ってくる。

「デルモンという」

「アストルです」

低身長ながら力強く隆々とした肉体、そして髭……ドワーフだ。

ドワーフである彼が☆1の俺を侮り、信用していないのはすぐにわかった。

そも、ドワーフという種族に☆1という概念はない。

彼らドワーフは☆3以上しかいない……代わりに人間に比べて☆4や☆5の割合は極端に少ないのだが。

何せ、現状で☆5のドワーフとして知られているのは、ドワーフ王国『ダッテムト』に君臨する王、ダッテムトⅡ世だけだったはずだ。

「先の戦闘で、当方の兵を後方に下げさせたとか。さすが〝竜殺し《ドラゴンスレイヤー》〟の荷物持ちをしていただけのことはありますな」

「恐縮です」

デルモンとのやりとりに、リックの護衛団が殺気じみた気迫をじわりと増幅させる。

「や、些か礼を欠くのではないですか？」

「これは失礼。☆1に礼節が必要な場面などありませんでしたからな。エルメリアの皆さんとは違って……」

オーグの言葉に、デルモンが笑いをこらえた顔で答え、それにあわせてザルデン側の衛士達が小さく嘲笑《わら》った。

侮られるのも、嘲笑《わら》われるのも慣れている。構いはしない。

だが、仲間の顔に泥を塗られるのは……好きじゃないな。

俺はデルモン達の会話を遮って問う。

「ええと、それで？　模擬戦でしたっけ？」

「やる気だけはあるようですな？　☆1にしては感心なことだ」

「ええ。俺は魔法使いなので魔法を使いますが、それでよければ」

俺の態度が変わったことに気が付いたのか、デルモンは少し顔色を変える。

何を考えているかは、丸わかりだ。

「……でもよいのですかな？　模擬戦などと。〝竜殺し《ドラゴンスレイヤー》〟の称号に泥を塗ることになってしまいますぞ？」

「泥？」

「たとえ、☆1とて従者だったのでしょう？　それが……ねぇ？」

勝てるつもりでいる人間というのは、どうしてこうも高慢ちきなのか。

戦場で侮りと余裕とをはき違えていると、命を失うってことすら忘れてしまったのかもしれない。

命まで取るつもりはないが……少しばかりバカにしすぎだ。

「では、始めましょう」

「は？」

俺の言葉に、デルモンがぽかんとした顔をする。

「え？　ですから模擬戦を。一対一ですか？　それともオーグさん達を含めてチーム戦にしますか？　なんなら、全員俺一人で相手をしてもいいですよ」

この挑発は俺らしくない。

そう思いつつも、もう準備を終えているので、少しばかり意趣返《いしゅがえ》しをしてもいいだろう。

「……本気で言ってるのか？　貴様……ッ」

「模擬戦をしろと言ったのはそちらのスレイル伯爵閣下で、ヴァーミル侯爵閣下には受けて立てと命じられましたので」

デルモンは俺の返答に青筋《あおすじ》を立てて殺気立つ。

後ろに控える数人の衛士も同様だ。

きっと俺が怯えて模擬戦を断ると思っていたのだろう。

「後悔するなよッ！　☆1風情《ゴミ》……俺が叩きのめしてやらぁ！」

デルモンが腰の剣に手を伸ばした瞬間、俺は発動待機《ストック》していた魔法をいっぺんに発動した。

計七発の〈感電《ショック》〉がデルモンを駆け抜けて……彼はそのままの姿勢で前のめりに倒れる。

「き……さま……何を」

「魔法使いなので魔法を使いますよ、と宣言したはずですけどね」

痺れたデルモンに〈拘束《ホールド》〉をかけて制圧する。

「卑怯《ひきょう》な……！」

「魔法使いが魔法を使うことになんの卑怯がある！」

わざと声を張り上げて、威圧する。

その声に気色《けしき》ばむザルデン衛士達に、俺は杖を向けて再度声を上げる。

「次は誰か！」

「ふざけやがって！」

剣を抜いて一歩踏み出した一人の衛士が勢いよく転倒する。

転倒した衛士に向かって〈麻痺Ⅱ《パラライズ》〉を発射し無力化しておく。

これで二人。

とはいえ、足元は〈転倒《スネア》〉だらけにしてある。

さらに言うと、彼らは練度が足りない。

〝刺突剣《タック》〟ビスコンティや、かつて戦った傭兵騎士のような、充分に高い能力を持った戦士は、〈転倒《スネア》〉を踏んでも構わず切り込んでくる。

「く……！」

「次は？」

俺は杖を向けて睨みを利かせる。

彼らがクシーニの住民に近い感性を持っているというのであれば、これで理解できるはずだ。

あとは、☆1である俺をどう自分の中で納得させるか、である。

クシーニの冒険者達のように単純明快にわかってくれればいいのだけど。

……が、彼らとてザルカン貴族の看板を背負う衛士だったらしい。
☆1の俺に下されたとあれば、メンツが立たないのかもしれない。
つまり、全員が抜剣した。

「待て、待てえい！」

俺がいくつかの魔法を発動待機《ストック》させせたところで、焦ったような声が足元から聞こえた。

「参った……降参だ」

デルモンが、拘束されたままの情けない姿を晒しながら、俺に告げた。

◆

「本当に☆1なのか？」

模擬戦からしばしの後。焚火の前で食事を共にするデルモンから、何度目かになる問いが、俺に投げられる。

会話の端々《はしばし》に同じ疑問を織《お》り込《こ》まれるのだが、穏やかに会話できるようになっただけましと思うべきだろうか。

「何度も言いますけど、正真正銘《しょうしんしょうめい》の☆1ですよ、俺は」

俺の返答にデルモンは首を捻り、オーグとグダルモスは小さく頷く。

「なら、なんであんなに強い。わしはこの仕事を長くやっている……魔法使いと相対する機会もあった。だが、魔法というものには詠唱が必要だろう？」

ドワーフでありながらそれを理解しているというならば、このデルモンという衛士長はそれなりに経験を積んでいるらしいことが窺える。

彼らドワーフは魔法が使えない。

森人《エルフ》が生まれつき【精霊交信】の能力を持つように、ドワーフはそのことごとくが強靭《きょうじん》な肉体とタフな精神力を持ち合わせている。

その代わりに、魔法的素養が一切ない。保有する魔力《マナ》はそこそこ豊富なのに、古今東西のありとあらゆる『魔法』に適性を持たないのだ。

それ故に、彼らは魔法使いを毛嫌いするし、侮りがちだ。

また、種族的に筋肉至上主義で、短絡的な部分があるとも言える。

その中で魔法使いが詠唱を始めたら危険だという認識を持っているあたり、このデルモンというドワーフは、種族的感覚を経験で上書きすることができる優秀な戦士なのである。

「や、アストルさんはユニークスキル持ちですから」

オーグが助け舟を出してくれる。

ユニークスキルでの説明は、対外的な方便である。

そう言っておけば、俺のほんのちょっとした魔法異常性など、納得するしかない。

「しかし、こっちで食事しちゃってよかったんですか？」

デルモンは配下のザルデン衛士を帰して、現在エルメリア側護衛部隊の野営地で共に夕食を食んでいる。

ザルデンの衛士達はゲスト扱いで、別に宿を借りきってある。

そちらでは、それなりに豪華な食事が提供されるはずなのだが、何故かデルモンは留まって、俺達と一緒に焚火を囲んでいた。

「これはこれで、わし好みではある」

「なら、いいんですが」

旅慣れた冒険者出身の多いリックの配下は料理をする人員もそれなりに多く、さらに言うと荷物持ち部隊《ポーター》には野営用の料理人も在籍していた。

おかげでそれなりに料理らしい料理は出るものの、さすがに野性味は隠しきれない。

「声をかけても来んはずだ。近くで見ていれば敵うはずないと理解できたのだろうな」

なるほど。

もっと大挙してくるかと思ったが、昼間の戦闘で肩を並べた人達は断ってくれたらしい。

「〝竜殺し《ドラゴンスレイヤー》〟の従者が、低能であるはずないのにな。わしは☆と二つ名を侮って、命を失したというわけだ」

「模擬戦で命のやり取りはしませんよ」

「常在戦場、だ。あれが、実戦であれば、全員があの場で死んでいた。相対する☆1にユニークスキルがあって、それが魔法に関するものだ……などと、誰も考えなかった。わしも含めてな」

デルモンが少し考え込む様子を見せる。

「なあ、アストル殿よ。お前さんみたいな☆1は多くいるのか?」

「……どうでしょうか。ただ、☆1はスキルレベルも低いし、体も弱いのは確かですが……『先天能力《インヒーレント》』とユニークスキルは☆に関係しません」

「そ、そうなのか⁉」

「ええ。学園都市《ウェルス》ではすでに常識となりつつあります」

エルメリアでもずいぶん浸透しはじめている知識だが……やはりザルデン以南となると、その情報は入ってないか、意図的に止められているのだろう。

「たとえば、俺がかつて出会った☆1の荷物持《ポーター》ちの少女は、投擲の殺傷能力を極限まで上げるユニークスキルを持っていました。投げナイフ一本で全身鎧《フルアーマー》の前衛を討ち倒すほどにです」

「そんな真似ができて荷物持《ポーター》ちなのか？」

「それが、☆1の現状ですから……。彼女は☆1として使い潰され、もう天に還《かえ》りました」

俺の言葉を聞いて、デルモンが苦虫を噛み潰したような顔をし……そして、小さく祈りをささげた。

敬虔な人物でもあるらしい。

「わしらドワーフが☆1を下に見るのは、ドワーフには☆1も☆2もいねぇからだ。んで、その思いは人族の社会に出てさらに強くなった。あいつらは脆弱で、およそ何をさせても半人前の仕事しかできない……そう思ってたんだよ」

「間違いではありませんね」

社会というのはそこまで寛容ではない。

特に南部地域では、仕事量こそが評価そのものだ。
☆1のような貧弱な体力や膂力《りょりょく》、そしてスキルでは、その評価が大きく下がるのは理解できる。
他の☆も同様だが、目に見える有効な『先天能力《インヒーレント》』やユニークスキルを持つ者は稀有《けう》だ。

余裕のない中、わざわざ☆1の中からそれを探すことをしなかったからといって、誰も責められはしない。

ややもすれば、俺と同じ『先天能力《インヒーレント》』とユニークスキルを持った☆5だっているかもしれないのだ。わざわざ☆1を優遇して調査する必要はない。

それを誤魔化すための方便が、『特異存在型☆1』という言葉なのではあるが。

「少なくとも、わしはお前さんをもう☆1とは呼ばねぇ。あと〝能無し〟って二つ名もな」

「そっちは気に入っているんですけどね」

少しばかり苦笑してみせると、同じようにデルモンが口元を動かす。

今回のように殴り合いで理解を深めるのは本意ではないが、もしかすると俺の場合は有効なのかもしれない。

少なくとも、今目の前にいるドワーフは俺に対して一定の敬意を見せてくれている。

ドワーフが☆1を人間扱いするなんて、そうそうあり得ないことだ。

「や、これで仲直りですね」

オーグが二つの木製ジョッキを俺とデルモンに差し出してくる。

中身は、ドワーフの血とも言える麦酒《エール》だ。

「や、バーレイにだいぶ近づきましたからね……麦酒《エール》が美味《うま》いですよ？」

「これは、美味いな」

大きく一口喉に流し込んだデルモンが目を丸くしている。

俺も初めて飲んだ時のことを思い出して、妙に懐かしく思える。

レンジュウロウに絶対に飲んでおけ、と助言され……嫁《ユユ》に飲みすぎるな、とクギを刺されたんだっけ。

「わしらドワーフは鉱山の中で過ごすからな。太陽の恵みと言える麦酒《エール》に目がないんだ。これが噂に聞く『バーレイ麦酒《エール》』か……。これだけでエルメリアまで来たかいがあったわい」

しみじみとこぼしながら、デルモンが木製ジョッキを俺の前に突き出してくる。

文献からだが、その意味を俺は知っている。

ドワーフにとって個人に向けた乾杯の要求は、友誼《ゆうぎ》を結びたいという意味だ。

そして、ドワーフの戦士にとってのそれは〝背中を預ける〟という意思表示でもある。

「わしの無知と敗北……そして非礼の詫びを含めて。今後、デルモン・ロックボーラーは決してお主に刃を向けず、その背中を守ると、ここに宣言する」

その言葉に頷いて、俺は手に持ったジョッキをデルモンのそれに打ち当てた。

◆

道中で大小さまざまな問題がいくつか起きはしたが、俺達はほぼ予定通りにバーグナー領都ガデスへと到着していた。

リックが王命の完了と引継ぎを宣言し……それを受けて出迎えるのは、当然ミレニアであった。

「皆様、ようこそおいでくださいました」

「出迎え、痛み入ります……」

ザルデン貴族達の妙な浮つき具合はなんだろうか。

リックが出迎えた時はこんな感じではなかったはずだが。

一般衛士に変装したグレイバルトが、俺だけに聞こえるように解説を入れる。

「……バーグナー辺境伯が女性だからですよ。ザルデンでは女性を下に見るのが恒常化していますので」

だとすれば、同じ侯爵でも自分の立場が上だと思っているということか……

ゲストである以上、目上として扱うべきなのだろうが、なんとも釈然《しゃくぜん》としない。

ただ、その下地として魔法使いが少ない土地柄であるということが大きいのだろう。

魔力で男性を凌駕《りょうが》する女性はいるが、膂力で男性に勝る女性は少ない。

俺の場合は身近にミントという例がいるのでそうでもないが、一般的にはやはりザルデンの開拓史は男の歴史なのだ。

「どうぞごゆるりとご滞在くださいませ」

礼装に身を固めたミレニアが、不躾な視線に怯みもせずに優雅に一礼する。

現役の迷宮探索者でもある彼女が、この程度でどうこうってこともないか。

案内を配下に任せて踵《きびす》を返す瞬間、ミレニアは俺とリックに視線を一瞬送ってくる。

学生時代の癖が残っているな……。だが、意図は理解した。

リックも同様らしく、オーグに早速声を掛ける。

「んじゃ、オレはお役御免ってことで。オーグ、一日休んでいいから全員連れてクシーニに戻っといてくれ」

「や、侯爵さんはどうするんです？」

「適当に理由つけてこいつについてくわ。いいだろ？」

「や、いいわけないですけど、アストルさんが心配なら仕方ないですな」

この上下関係を感じさせないフランクなやりとりは、リックならではである。

あのクシーニで冒険者出身の配下を持てば、貴族主義にこだわってもいられないのだろう。

「ついてくるのか？」

俺が尋ねると、リックがニヤリと笑った。

「おう。ミレニアにも話しとくわ。てか、最後のあれは……合図だろ？」

予備学校時代、あれは〝あとで集合〟の合図であった。

場所は決まって、バーグナー冒険者予備学校の敷地内、学舎のはずれにあるミレニアの私用部屋
——俺とミレニア、そしてリックが夢を語り合った青春の思い出深い場所だ。

「少し時間を空けて行こう。……いや、俺は予備学校の敷地に入っていいのか？」

「いいだろ。今はミレニアが校長やってんだし」

「ほら、俺はドロップアウト組だから」

追い出された記憶はもうずいぶんと整理がついてしまって、今更なんの感慨も生まないが、それでもあの敷地内に再び足を運ぶのは、少しばかり億劫《おっくう》だ。

「今は予備学校もずいぶんと変わってるから、大丈夫だろ。大体、お前って『迷宮攻略者』じゃね

えか。特別講師みたいなツラして堂々としてりゃいいんだよ」
☆1を特別講師で招いたりしたら、大問題だと思うぞ。
「や、じゃ、あっしらはこれで。侯爵さん、アストルさんに迷惑かけないようにしてくださいよ」

「うるせぇ、気いつけて帰れ。余った路銀は道中の飲み食いで使っていい。ゆっくり帰れ」

「や、太っ腹。さすが侯爵閣下ですな」

背中を向けて手を振りながら、オーグが立ち去る。その姿を見て、リックが肩を竦めた。

「どうもオレは尊敬されていない気がする」

「他人行儀に距離をあけられるよりはいいんじゃないか？」

「違いない。クルカンで思ったが、貴族階級の出身者はどうにも使いづれぇな。適当にしっかりやってくれってのじゃ通じねぇし、そうかと思ったら余計なことばかりする」

「今回のは俺が原因だ。すまんな」

「お前にやらかさなくても、いずれ誰かにやらかしただろうよ」

それに関しては全く同意する。

クルカンは貴族にしては思慮と視野が浅く狭く、軽い口を持っている。

教育に失敗したのでどこにも仕官できなかったのだろうと予想するが、親族だからと外れくじを引かされたリックには同情するしかない。

「さて、どうすっか。『踊《おど》るアヒル亭《てい》』にでも行って、軽く飯にするか？」

美味くて財布にも優しい学生の味方、『踊るアヒル亭』。

侯爵が食事に行くような場所ではないのだが……リックがそう言うのであれば問題ないのか？

時間は日が中天から少し傾いているくらい。

冬なので、ここから暗くなるまでは早いだろうが、夕食というには少し早すぎる。

「ミレニアはどのくらい時間かかるんだろうな」

「オレん時は諸々の説明合わせて二時間ほどだったし、そのくらいじゃね？　お前も部屋にいただろ？」

「じゃあ、先に妹達と合流してもいいか？　こっちに来ているはずなんだ」

「おう。ミレニアはきっちりしてるから、ディナーとか準備しているだろうし……合流して軽くつまんでから学校へ行こうぜ」

そうか。ミレニアにとってはゲストとの初対面だ……食事を通じて距離を測る必要があるかもしれない。

貴族とはそういうものだと聞いたし。

……リックの時は、そういう感じではなかったが。

「いた。アストル！」

考え事をしていると、不意に頭の上から声をかけられて、思わず見上げる。

ふわりと宙を舞った人影が、俺の目の前へと着地した。

「フェリシア！　ちょうど良かった。今から探すところだったんだ」

「使節団が来たって聞いて、捜しに来たんだ。システィルとダグはエインズの小屋敷にいるよ」

「フェリシアさん、久しぶり」

「え……？　ヴァーミル侯爵閣下……!?」

俺の隣にいるリックに気付いたフェリシアが、膝をつこうとするが……

「ああ、そういうのいいって！　フェリシアさんは俺にとっても姉さんみたいなものなんだしさ」

リックは苦笑いをしながら、自分もしゃがみ込む。

「あ、それともう一人……紹介したい人がいるんだ」

俺は、周囲に視線をぐるりと巡らせて、ため息がてら小さく彼の名を呼んだ。

「……はい、なんでしょうか。アストルさん」

「姉さん、グレイバルトだ。俺の手伝いをしてくれている、凄腕《すごうで》の密偵だよ」

「紹介に与《あずか》りました。グレイバルト・メリゼーです。フェリシア様のことは存じております」

そうだろうと思ったよ。

きっと、俺とフェリシアの間にあった事件のことも知っているんだろう。

「何、この人……精霊使い？　すごい……！」

突然現れたグレイバルトに、フェリシアが目を丸くする。

「そんな大それたものではありませんよ。ちょっとした訓練とコツです。それよりも……アストルさん、ヴァーミル侯爵様。バーグナー卿主催の晩餐会《ばんさんかい》にご出席を希望されないのでしたら、今日は姿を隠しておいた方がいいですよ」

さすがのグレイバルトも俺達とミレニアのアイサインには情報が及ばなかったか。

「もう会う約束をしちゃったよ……」

「アストル、腹括れ。ミレニアのアストル自慢が始まるぞ……！」

「リックだけで行ってきてくれないか」

「自分で断れ。俺とミレニアの関係にひびいれるつもりかよ……」

げんなりした顔で、俺達はため息をつき合った。

◆

「ここに来るのも久しぶりだな」

フェリシアと別れたしばしのち、俺達は懐かしき予備学校へと足を踏み入れていた。

俺が予備学校に入学した時はただの資材倉庫だったはずなのだが、いつの間にミレニアのための離れに改築されたこの部屋は、俺達にとってとても懐かしく重要な場所だ。

当初はミレニアと俺が魔法について研鑽《けんさん》を積む場所だったのだが、いつからかリックも一緒になって、『エルメリア王の迷宮《ダンジョン》』を攻略するための秘密の会議室になっていた。

そんな場所に、俺は戻ってきた。

「ああ、変わらねえだろ？　ミレニアがいじらずに置いてるんだ。お前が書いた浅層の攻略メモもまだあるぞ」

第十階層までの情報を集めて作った、最短で安全な攻略ルートをメモした地図だ。

冒険者になってしまえば、地図屋から銀貨一枚で得られる情報だが、当時の俺達にとってこれは夢を広げるための重要なツールだった。

……今見てみると、なかなかお粗末だな。

「我が主《マスター》、ミレニア嬢が来たようだ」

探査魔法を張り巡らせていたナナシが、俺の肩で囁いた。

ややあって、ノックもなく扉が開け放たれる。

ミレニアの私室であるので、それに関しては問題ないのだが、俺達がいることをわかっていながらノックもなく入ってくるのは、彼女の性格的に少しばかりらしくない。

「二人とも、呼びつけてごめんなさいね」

その顔には、疲れがありありと浮かんでいる。

「どうした？」

リックがミレニアの手を引いて、椅子に促す。

それに従うまま腰を下ろした彼女が、特大のため息をついた。

「ザルデン含む南部地域で女性の立場が弱いことは知っていましたが……ああもありありと態度に出されたら、辟易《へきえき》してしまいますわ」

ため息を出し切ったミレニアの碧眼《へきがん》が、俺とリックを交互に見る。

「この三人でここに集《つど》うのは、久しぶりね」

「懐かしいよ」

俺の言葉に満足げに頷いたミレニアが、小さく笑った。

「それで、オレらをここに呼んだ理由は？」

「リック、もう少し情緒《じょうちょ》ってものをご理解くださいまし。でも、ゆっくりしていられないのも確かですわね。アストル、あなた……私《わたくし》達のために無茶をしようとしているでしょう？」

ぎくり、と自分自身が緊張で固まるのを感じた。

「そんなことは……」

「では、何故スレクト地方に新ダンジョンを発生させようなんて思ったのか、教えてくれるかしら？」

有無を言わせぬ、久々のミレニアの問い詰めモードだ。

どうやら妹達がミレニアに情報を漏らしたらしい。

「私《わたくし》は周辺を任された辺境伯ですよ？　領内に勝手にダンジョンを造られたら困ってしまいますわ」

「ぐ……」

「なに？　アストル、ダンジョン造ろうとしてんの？」

ミレニアは真剣な眼差《まなざ》しで、リックはどこか面白そうに俺を見る。

「他国から冒険者を呼ぶために、新ダンジョンを〝発見〟しようと思ったんだ。上手くやれば、それを目当てにした商人達も来るかと……」

「それは名案……とは言いませんわね。どうせやるなら、ヴィクトール王陛下と管理者になる私《わたくし》には、事前に言っていただかないと」

「すまない」

俺の先走りで余計な心配と迷惑をかけたようだ。

「でも……さすがはアストルですわ。ダンジョンを造ろうなんて発想、普通はしませんもの」

「だよな。なんでそんな真似ができるようになっちまったんだ。オレが出会った頃のアストルは
……うん、普通じゃなかったわ」

「ですわね」

親友二人が仲睦まじく笑い合っている。

……俺をネタにして。

「オレらのことで妙に気を遣わせちまったみたいだな。すまねぇな」

「俺こそすまない。ことを性急に運びすぎたようだ」

「アストルの思考ってやっぱりヘンですわ。でも、アストル……私達《わたくし》のことを考えてくれてありがとう」

二人に手を握られて、心の奥底に温かいものが込み上げてくる。

「オレらは自分でなんとかするからよ……アストルは、もう無理しないでくれ。オレが竜殺し《ドラゴンスレイヤー》の称号を押し付けられることになったあの事件でお前、一回死んでるんだぜ？　もう、あんな思いはたくさんだ」

「わかっている、無理はしない。ダンジョン作製は、学園都市《ウェルス》ではそれなりにポピュラーな研究課

題だ。勝算はあった」

「でも、それどころじゃないでしょう？　〝金色姫〟の話は」

ミレニアが、釘を刺すかのように俺の鼻先に指を突きつける。

「伝説級の魔物《モンスター》と茨の精霊《ソーンエレメンタル》……それを相手に自分の手で決着をつけようとしている風に見えますわ」

「行く時はオレらも一緒に行くからな？　一人で行くんじゃねぇぞ？」

二人には、見透かされているようだ。

「わかっている。心強いよ」

二人は俺の返事に満足したのか、頷いて手を放す。

「じゃあ、お説教の時間はここまで。さ、二人とも、着替えてくださいまし」

「あ、やっぱか。まぁ、ナメられないように隣に立っているさ」

リックはもとよりそのつもりだったようで、観念した様子で頷いた。

「俺は服もないし、遠慮するよ」

適当な言い訳で退散しようとする俺を、ミレニアが呼び止める。

「魔法の鞄《マジックバッグ》に儀礼服が入っているのは知っています。逃がしませんよ、アストル」

「なんだって俺が……」

「私《わたくし》一人では不安ですから。リックと二人で両脇を固めてくださいませ」

両手に花……というか、男の場合はなんと言うのだろう。

ただ、先程の疲れっぷりを見ていれば無下《むげ》にするのも気が引ける。

「やれやれ……わかったよ。でも、儀礼服はダメだ。〝能無し〟が着るには、少しばかり位《くらい》が高すぎる」

「仕方ありませんわね。どうしましょうか……あ、そういえば！」

何かを思いついたようで、ミレニアが席を立つ。

「少しお待ちくださいまし」

そう言って部屋を出ていったミレニアが、ごくごく短時間で息を切らして戻ってくる。

侯爵にして辺境伯、そして年ごろの娘が全力疾走をしてもいいものか。

いや、きっといけないだろう。

疲労回復の魔法を掛ける俺に、ミレニアが一揃いの衣装袋を差し出してきた。

「これは？」

「……少し前に渡しそびれていたものです」

広げてみると、黒を基調とした白衣のようなコートと、それに合わせてあつらえた上下衣が新品で入っていた。

「うちの仕立屋に作らせた礼服ですわ。学園都市《ウェルス》でも着られるように、賢人らしくデザインしてみましたの。これで晩餐会にも出席できますわね」

そうにっこり笑うミレニアに〝この事態を予測していたんじゃないだろうな〟と、あらぬ懸念を抱いたが、俺は努めて笑顔でお礼を口にすることにした。

◆

貴族の晩餐会というのは、どうしてこう料理の味がしないのだろうか。

いや……料理に罪はない。バーグナー家お抱えの料理人達が精魂《せいこん》込めて作ったものである以上、不味《まず》いわけがないのだ。

問題があるのは、この場所に慣れない俺と、それに付随して味覚を消失させてしまう舌だろう。

「気配隠蔽の魔法でも使えばいいのでは？」

俺のジャケットの内側に身を潜ませたナナシが、楽しげに小さな声を出す。

「できるならもうしてる。こんな閉鎖空間だとすぐに見つかってしまうよ。チヨさんやグレイバルトじゃあるまいし」

「アストル、ナナシの相手ばかりをしていないで？　ナナシ、あとで同じものを用意させるから、私《わたくし》達を助けてくださいな」

ミレニアの言葉に、ナナシが小さく〝契約完了〟と返事をする。

「それにしても、女性が辺境伯とは……エルメリアは進んでいますな」

「我が国ではなかなかないことですな、ははは」

ザルデン貴族達が、俺の隣に座るミレニアにチラチラと視線を送っている。

女侯爵の足元を見てやろうという安い挑発。晩餐会が始まってから終始こんな状態だ。

それに加わらないのは、デミントン侯爵と女傑のミーシャとやり取りがあるメルジェン伯爵のみ。

メルジェン伯爵はミーシャと関わりがあるが故に、女性蔑視《じょせいべっし》に関しては一定の距離を置いているのだろう。

代わりに、彼は他のザルデン貴族に少しばかり侮られているようだ。

ザルデン貴族達の目には、自領の港町を女海賊とならず者に占拠されているようにしか映らないのだから、仕方あるまい。

しかし、俺から……あるいは聡《さと》い貴族からすれば、上手くならず者をコントロールして益を得ているように見える。

ならず者にはならず者の義理と法があるのだ。

海賊をはじめとするならず者には、☆1や☆2の人間も多い。

彼らは〞人間扱い〟をしてくれているメルジェン伯爵に恩と義理を感じているはずだ。

メルジェン伯爵が彼らに対して港と陸を提供する限り、彼らは非公式の海軍として彼にその義理を果たすだろう。

事実、魔王事変の際に俺達が裏をかいてエルメリアに潜入できたのは、そのならず者達が手引きしてくれたからだ。そのならず者達の開拓した非合法ルートを使ったが故に、リック達レジスタンスは秘密裏に準備を進めることができた。

そして、それに裏から上手く手を回してくれたのがメルジェン伯爵であることは明白だ。

つまり、表沙汰にはできないかもしれないが、今回の親善大使にメルジェン伯爵が選ばれているというのは、実に順当な話なのである。

「そういえば、バーグナー侯爵の領地には『迷宮《ダンジョン》』が二つあるとか……」

「ええ、我が領には『エルメリア王の迷宮《ダンジョン》』と『ベルベティン大神殿《だいしんでん》』という二つの未攻略ダンジョンがございます。うち一つは……私《わたくし》達の足元に広がっておりますわ」

ザルデン貴族の質問に、ミレニアがにこりと答える。

この返答が彼女による示威行為だと、何人が気付けただろうか？

活動中のダンジョンの真上に屋敷を構え、管理し、時には自ら中に入って攻略行動を起こすミレニア・バーグナー辺境伯。

それを〝女性だからと侮れば痛い目に遭うぞ〟という、貴族らしい迂遠な警告として、彼女は口にしたのである。

これに反応したのは、意外にもデミントン侯爵だった。

「内部の見学はできるかね？」

「おすすめしかねます、デミントン侯爵様。ダンジョンというものは、常に命の危険がある場所です。絶対安全はありません。……たとえ浅層といえども、魔物《モンスター》はいますし、ダンジョンが新たな罠や区画を作っている可能性もあります」

——もとい、意外でもなんでもなかった。

これはデミントン侯爵なりのミレニアへの援護なのだろう。

「しかしバーグナー侯爵本人も入られるのでしょう？　護衛があれば、少しばかり内見をしても大丈夫なのでは？」

興味津々といった様子のコナゾール伯爵が、食事の手を止めて話に食いつく。

道中でも感じたが、どうも彼は観光旅行か何かと勘違いしている節《ふし》がある。

あまりザルデンから出ない者にとっては、他国の地が珍しいのだろうけど。

「承服しかねますな、コナゾール伯爵」

「そこをなんとかするのが、君の役目ではないかね？　スレイル伯爵」

二人の関係は俺にはわからないが、警備担当のスレイル伯爵としては、危険な場所にわざわざ行かせる意味がない。

自由気ままなコナゾール伯爵に頭を悩ませているのは、スレイル伯爵だけではなく、俺達も同様だ。

彼は途中立ち寄ったバーレイでも少数護衛だけを連れて、宿から姿を消したことがある。

護衛する立場として、エルメリア側も警戒する要注意人物だ。

スレイル伯爵がそれなりに強い口調で窘《たしな》める。

「剣を握らなくなって、もう何年になるのだ？　ダンジョンは荷物持ちですら武器を振るって自衛しなくてはならん場所だ。お主のような危機感の足りん者から命を落とす場所だよ、コナゾール伯爵」

「何を偉そうに……私だって必要なら剣を持つさ」

コナゾール伯爵という男は、どうにも話を聞かない人物のようだ。

今まで痛い目を見たことがないのか、あるいは旅先で浮かれているか……もしくは、その両方だろう。

「私は若い時分にダンジョンに挑んだことがある。先程バーグナー侯爵が言ったことは正しい。観光気分で入っていい場所ではない」

「スレイル伯爵。この女性にできて私にできないというのは、侮辱《ぶじょく》にあたると思うが？」

その発言がミレニアに対する侮辱にあたるとは考えないのだろうか。

いや、考えていないのだろう。

「コナゾール伯爵、いい加減にしておかないか。どうやら卿は酔いが回っているように見える」

「デミントン侯爵、私はただ……」

「我々はゲストであり、エスコートされる権利がある。だが、それは我《わ》が儘《まま》を言っていいというわけではない。我々の目的は新王に謁見し、親交を深めることであって、危険な場所を興味本位で覗くことではない。わきまえられよ」

デミントン侯爵にぴしゃりと言われて、さすがのコナゾール伯爵も黙った。

「すまないな、バーグナー侯爵」

「いいえ、ご理解いただけて何よりですわ」

貼り付いた作り笑いで対応するミレニア。

いや、貴族というのはすごい……俺はもう胃に穴が開きそうだよ。

胃痛止めの魔法薬《ポーション》を後で作らなくてはならないな。

「しかし、ダンジョンというのは、我々ザルデン貴族にとって興味ある場所ではあります。聞くところによると、このガデスには攻略者を養成する学校もあるとか。後学のために、ぜひいろいろと話をお聞かせ願いたいものです」

「そうですわね……。何を隠そう、私《わたくし》の両隣を固める二人も、我が『バーグナー冒険者予備学校《ぼうけんしゃよびがっこう》』の出身でして。特にアストルは、昔から優秀な生徒でした」

……流れるように、俺の話にシフトした。

場の雰囲気を良くする話題逸らしのためとはいえ、いくらなんでも自然にすぎる。

「特に私《わたくし》の魔法はアストルに鍛《きた》えられたもので、今でも尊敬していますの。そう、たとえば……」

この後、妙にヒートアップしたミレニアを止めるのに、俺とリックは少しばかり苦労することになった。

超える存在

「いやはや、バーグナー卿はすごかったですね」

「笑い事じゃないよ……」

俺は歩き慣れたガデスの街を、町人に変装したグレイバルトを伴って歩く。

ここ数年で少しばかり変わった場所はあるが、ここが俺の第二の故郷であることは間違いなく、どことなく安心感を覚える。

「ていうか、そばにいたならコントロールしてくれ」

「いえいえ、アストルさんの昔話を当人達から聞く機会なんて、そうそうありませんからね……楽しませていただきました」

全く悪びれた様子もなく、グレイバルトが笑う。

「しかし、我が主《マスター》。あれのおかげで余計な注目を集めたかもしれないね」

「そちらはコントロール中です。それに、先の戦闘でアストルさんに注目が集まってしまっているので、今更ですよ」

ナナシの声に驚きもせず応えたグレイバルトが、するりと気配をにじませて姿を消す。

真横にいるのに追いきれない俺は、自分の世界の狭さに驚かされるばかりだ。

本当に魔法の類ではないらしい。

変装の名人は、擬態の名人でもあるらしく……本人は〝景色に変装する〟と、とんでもないことを言っていた。

ハッキリ言って、魔法でも再現できそうにない技術で、お手上げだ。

「お兄ちゃん！」

進行方向から、ワンピース姿のシスティルと街中でも冒険装束を外さないダグがこちらに向かってきていた。

「システィル。どうしたんだ？　今からエインズの屋敷に向かうところだったんだが」

「迎えに来たのよ。フェリシア姉さんが、そろそろ来るはずだって」

「なるほど。フェリシアめ、覗き見していたな……」

彼女はその斥候《スカウト》としての能力をずいぶんと上げた。

学園都市《ウェルス》で行われた実験にも何度か付き合っていたらしい彼女は、いくつかの才能と、追加スキルを開花させている。

そのうちの一つが、彼女が獲得した【遠見《とおみ》：C】だ。

本来視覚では確認できない距離を、視線さえ通っていれば見ることができるというスキル。

学園都市《ウェルス》で行われたスキル開花プロジェクトの一環で、フェリシアは見事に追加スキルを獲得してみせたのだ。

百余名いた参加者の内、追加でスキルを獲得できたのはたったの六名で、その誰もが☆1か☆2

だった。

フェリシアを含むその六人は、主催者の賢人の仮説を裏付ける重要なエビデンスの一つとなっている。

「いいよねぇ、私もその内【動植物学《どうしょくぶつがく》】スキルに目覚めないかしら」

「システィルはそのままでも十分優秀だよ」

身内の贔屓目もあるかもしれないが、システィルは学者の中でも特に先鋭的である。

普通は文献から推測し、調査依頼し、それを精査して、また調査依頼をして……そして、安全確保の後に現地調査というのが一般的な学者の動きだが、彼女の場合はまず現地調査ありきである。

それこそダンジョンであっても、浅層ならダグと二人で行ってしまうし、中層でも懇意《こんい》にしている冒険者に交じって現地に向かってしまうのだ。

お兄ちゃんとしては、一言くれたら一緒に入るのだが……何故か嫌がられている。

「あれ？　お兄ちゃん一人？　さっきまで誰かいなかった？」

「ちょっと人見知りなんだよ。グレイバルト、妹のシスティルと……義弟《おとうと》のダグだ」

俺の紹介を受け、少し良い服装を身に纏《まと》ったグレイバルトが、転移でもしてきたかのように姿を現す。魔力《マナ》のゆらぎも全くない……本当に魔法じみた技術だ。

「お初にお目にかかります。グレイバルト・メリゼーと申します」

優雅な礼に、システィルとダグが固まる。

何せ相手は家名のある貴族様だ。そして貴族様は貴族様でも、俺の知り合いで気軽に接していい貴族様と、平伏《へいふく》せねばならない本物の貴族様がいるので、二人は判断に困っているのだろう。

「お気遣いなく。私は、気兼ねしないでいい方の貴族ですよ」

「――だ、そうだ。気軽に接してくれ」

俺も少し露骨に親しい態度を醸し出して、二人を安心させる。

「私、システィルです。学園都市で学者の卵をやっています」

「オレはダグです。アストル先生の生徒でシスティルさんの……護衛ッス」

ダグめ、最後にヘタれたな。

トゲトゲでイケイケだった頃のやる気はどうしてしまったんだ。

「システィルさん、ダグさん……お二人の噂はかねがね」

「やだ、お兄ちゃんったら、何喋《しゃべ》ったの？」

「いや、俺は何も……」

本当に何も喋っていないんだ。

多分、俺のことを調べるついでに、根こそぎ調べられただけだと思うぞ。

「お二人のことは、少し噂になっていましてね。仕事柄色んな話を耳にするんですが……まさか、ご自分達の知名度をご存じないのですか？」

「知名度？　ダグ、知ってる？」

「システィルちゃんが知らないことをオレが知ってるわけないッス」

グレイバルトに問われ、二人は顔を見合わせて考え込む。

「〝紫陽花《あじさい》の勇者《ゆうしゃ》〟システィルと〝技巧人《クレヴァーマン》〟ダグのコンビといえば、冒険者界隈ではそこそこに有名人なはずなんですけどね」

「〝技巧人《クレヴァーマン》〟って、ダグのことだったのか……!?」

俺もその噂は聞いたことがあった。

〝技巧人《クレヴァーマン》〟という、最近話題になっている新進気鋭の冒険者は、いくつもの武器や暗器を近、中、遠距離問わずに器用に使いこなし、多数の魔法道具《アーティファクト》も所持していると。

「……し、知らないッスよ！」

「私も。【勇者】スキルがあるって喧伝《けんでん》してるわけじゃないし……」

慌てた様子で、首を振るダグとシスティル。

「二人とも、冒険者タグ、あるか？　あったら出してみてくれ」

「あるッス」

「持ってるわ」

俺の言葉に従い、二人は首から下げたタグを取り出す。

「確認してみろ」

「……？　……！　……ッ!?」

二人の顔が、見る見るうちに驚きへと変わっていく。

「……やられたな」

どうも、どこぞの悪い大人達が、また心無い悪戯をしたようだ。

首謀者は誰だ？　スレーバか、あるいは母が彼に強要したか？

もしかすると、またエインズかもしれないし、レンジュウロウかもしれない。

とにかく、ギルドと強い繋がりを持っていて、強請《ゆす》ることができる誰かだ。

「ところで、どうしてシスティルは〝紫陽花の勇者〟なんだ？」

「知らないわよー。……え、これ、どうしたらいいの？」

「どうしようもない、諦めろ〝紫陽花の勇者〟、なかなか可愛《かわい》らしくて良い二つ名じゃないか」

「いやあああー！　絶対取り消してもらうー！」

恥ずかしさのあまりか、システィルが大通りをギルドに向かって爆走していく様を、俺は空笑いで見送った。

◆

その後、さんざんギルドに抗議したものの……結局二人の二つ名が解除されることはなかった。

そもそも二つ名というのは、通称としてそう呼ばれているとギルドが認知し、他薦によって決定されるものだ。本人達のあずかり知らぬところで命名されることはよくあるらしい。

そして、今回の首謀者は数多くの冒険者と……伝説級冒険者である〝業火の魔女《ブレイズウィッチ》〟の仕業だったため、解除しにくいということだ。

システィル達は現地調査を伴う冒険でいくつかの事件を解決しており、その功績を多くの冒険者や市民が報告していた。

そのため、いつの間にか二人にも二つ名がついてしまっており、それがギルドによって正式に認められたということだ。

「ううう、なんでこんなことに」

「母さんの悪戯だからな……。諦めろ、俺の〝魔導師《マギ》〟みたいにいつまでたってもついて回るからな」

「そんなぁ……私が何したっていうのよー」

人助けとかだろ、と喉まで出かかった言葉を呑み込む。

「しかし、ダグの〝技巧人《クレヴァーマン》〟ってのは、ピッタリだな」

「そうッスか？」

世の中には、魔法じゃないのに魔法じみた動きをする人間が幾人《いくにん》かいる。

たとえばグレイバルトもそうなのだが、ググもこれだ。

おそらくダグの器用さは『先天能力《インヒーレント》』によるものだと思う。

幼い頃はスリが他より上手いくらいにしか思っていなかったと本人は言うが、もはやその器用さは異常とも言える技巧を誇る。

身につけた大量の装備群を状況に合わせて、即時に使用する姿はまるで歩く武器庫のようだ。

「私はどうして紫陽花なのかしら？　好きな花ではあるけど」

「ああ、それはですね……システィルさんが【聖剣《せいけん》】を振るう時に舞う紫電《しでん》の火花をそう呼ばれているようです」

「なるほどッス。確かに【聖剣】を振り回している時に火花がたくさん出るので、花をたくさんつける紫陽花みたいッスね」

納得した様子のダグを見て、システィルが眉をひそめる。

「褒めてるの？」

「褒めてるッス」

「じゃあ、いいか」

現金なものだ。

「おーう、〝魔導師《マギ》〟の。久しぶりじゃねぇか」

ギルドから出ようとしたところで、野太い声が俺を呼び止める。

熊のような大男が、俺に向かって手を振っていた。

「ガッツさん！」

「おう、なんだダンジョン攻略の打ち合わせか？」

「いえ、今日は妹の付き添いですよ」

〝鉄拳《てっけん》〟ガッツは、近く行われる『エルメリア王の迷宮《ダンジョン》』攻略作戦の中核メンバーの一人だ。

この作戦に合わせてエルメリア国内の等級の高い冒険者が参加してくれることになっているが、第三等級以上で『エルメリア王の迷宮《ダンジョン》』に慣れた冒険者というのは、ガッツをおいて他にはいない。

……ちなみに、俺は第五等級だ。

すでに、妹達に並ばれている。

「おう、〝紫陽花の勇者〟と〝技巧人《クレヴァーマン》〟じゃねぇか。こいつらも攻略参加者か？　……って、妹？　初めて聞いたぞ？」

ガッツが思い出したように首を捻った。

「話していませんでしたっけ」

「聞いてねぇな。街に隣国の連中が来てんのと、なんか関係あるのかよ？」

「いえ、妹は学者で……学術調査ですね」

茨の精霊《ソーンエレメンタル》と〝金色姫〟のことは、まだ周囲には漏れていないようだ。

しかし、スレクト地方はいくつかの魔法薬《ポーション》の材料になる茸が拾える採取系依頼の人気地域でもあるので、知れ渡るのは時間の問題だろう。

「てめぇ、何か隠してんな？　ちょっとオレ様の耳に入れとけよ」

「う……」

ガッツに軽く睨まれて、俺は思わず唸る。

豪快を絵に描いたような人物だが、こういったことの機微《きび》にも聡いのがガッツという男だ。このまま隠し通すのは難しい。

「えーとですね……前にダンジョンが出現した付近に、ちょっと危険な魔物《モンスター》が出まして」

「ああ、それであの一帯が立ち入り禁止になってんのか」

ちらりとシスティル達を振り返ると、彼女は俺に小さく頷く。

ミレニアとギルドマスターへの報告を先だって行なってくれたのだろう。

良い判断だ。

「対策は王議会にかけないとダメなんですよね」

「なんだ、そんな大事になってんのかよ。まぁ、人手がいるなら声かけろや。お前はいつも一人で行っちまうからなぁ。たまにはオレ様達先輩冒険者の顔も立てとけよ」

「はい、すみませんね」

「反省しろ、反省。借りを返す機会を作ってやらんと、お前に助けられた連中の立つ瀬がねぇよ、オレ様もな！　ガハハハ」

豪快に笑いながらガシガシと俺の肩を叩いて、ガッツはギルドの外へと出ていった。

「お兄ちゃん、ガッツさんと知り合いだったんだ」

「駆け出しの頃に世話になったんだ。ここで食事をおごってもらったこともある」

通い慣れていたはずのガデスの冒険者ギルドが、なんだか懐かしく思う。

ダンジョンのある街のギルドだ……様々な理由で顔ぶれは変わる。

それでも、この雰囲気だけはいつまでも変わらない。

「……いろいろ済んだら、またここで治癒屋でもやろうかな」

俺の呟《つぶや》きに、システィル達が苦笑する。

きっと、姿が見えないグレイバルトも似たような表情をしているだろう。

「とりあえず、エインズさんのお屋敷に戻りましょ。フェリシア姉さんが首を長くしてる」

「そうだな。何か買って帰るか……」

俺の一言に反応して、肩の上のナナシが会話に割って入る。

「吾輩、さっきの屋台で売っていたバターポテトが良いと思うのだが」

ナナシ、それはお前が食べたいものでは？

「グレイバルトもいるし、軽くつまむものを買って、みんなで飲もう。バターポテトだけじゃ味気ないからな」

「じゃ、オレが見繕ってくるッス。先生はお疲れでしょうから、先に向かっていてください」

「ダグだけじゃ脂《あぶら》っこくなるから、私も行くわ。じゃあ、後でね。お兄ちゃん、グレイバルトさん。ナナシは……ついてくる？」

「ぜひに」

俺の肩から存在感が消える。

このはぐれ悪魔もずいぶんと馴染んだものだ。

「酒も頼むよ、ナナシ。良いのを選んできてくれ。貴族様がいるからね」

「心得た。悪魔的に良いものを選んでいくよ……」

遠ざかる妹の肩で頭蓋が揺れるカタカタという音がした。

「さぁ、グレイバルト。向かおうか」

景色に溶け込んでいるグレイバルトに声をかけると、背後から返事が聞こえる。

「いやぁ……感極まってしまいますね。今まで報告書でしか知らなかった人達が近くでやりとりしているだけで、物語の中に入り込んだようです」

「大袈裟だな。そうなると、グレイバルトはその物語とやらに自分をどう描くんだ？」

俺の問いかけに、虚《きょ》を衝《つ》かれたようにグレイバルトが姿を現す。

「これは失念していました。観測者を増やして……せっかくなので小説家も雇うべきですかね？」

そんなグレイバルトの言葉を聞きながら、俺は〝いつかあなたの物語を書くわ〟と言っていたお姫様のことを思い出して、少し寂しい気持ちになってしまった。

共に旅立ったレオンと二人で、今頃幸せにやっているのだろうか？

◆

「おかえり、アストル」

「ただいま」

エインズの小屋敷のドアをノックすると、フェリシアが俺達を迎えた。

この場所は今も管理されており、エインズゆかりの者はガデスに立ち寄った際、自由に使っていいことになっている。

主に使っているのは、現地調査に出向くシスティル達や、今も〝旅の賢人〟を続けるレンジュウロウであるが。

ガデスに来た際は、俺も空気の入れ替えや清掃がてら小屋敷を使用するようにしている。

何より、ここはなんだかんだで心が落ち着くのだ。

「あれ？　システィル達は？　迎えに行ったはずだけど」

「酒とつまみを買ってきてくれるらしい。明日はオフだから、今晩はゆっくりできる」

「そうなの？　なら、ボクも何か作ろうかな？　白身魚ならあるよ」

微笑むフェリシアに促されて玄関を抜け、俺とグレイバルトはリビングへと入る。

小ぶりな暖炉には、すでに薪《まき》がくべられており、部屋の中は暖かい。

三人分の紅茶を出しながら、フェリシアが俺に尋ねた。

「茨の精霊《ソーンエレメンタル》の件は？」

「まだなんとも。どちらにしても王都へ上るように話が来ているんだね」

「そっか。それでボク達にも王都へ上るように話が来ているんだね」

フェリシアを含む三人は、状況説明のために俺達親善護衛と同道するらしい。

冒険者ギルドから指名依頼が来ているとのことだ。

「フェリシアがいれば奇襲を受けなくて済むから、助かる」

「『悪性変異《マリグナント》』に奇襲受けたって聞いたし、それもあるんだろうけど……　〝勇者〟ネーム持ちのシスティルを同行させるのが狙いじゃないのかな？」

魔王の存在が明るみになって以来、【勇者】というスキルのネームバリューは高騰《こうとう》を続けている。

システィルのようなCランクの【勇者】であっても、だ。

国賓の護衛としてつければ、護衛団に箔がつくくらいらしい。

もしかすると、それが『特異存在型☆1』の妹となれば、それなりにセンセーショナルな宣伝になる……と、どこかの偉い王様は考えているのかもしれない。

まったく、どうもヴィーチャは今回の親善使節団を使って、上流社会の情報を大きく動かしたいみたいだな。

「ボクは、王様が少し苦手だな……」

「そう言うな。ヴィーチャにはヴィーチャの考えがあるのさ。少しばかり、搦《から》め手《て》が多いけど」

「アストルさん、茨の精霊《ソーンエレメンタル》の件ですが、こちらである程度根回しをしておきましょうか？」

静かにお茶を飲んでいたグレイバルトが、会話の切れ目を狙って踏み込んでくる。

「そっちではどこまで掴んでいる？」

「私でしたら、ほぼ全貌《ぜんぼう》を。現在も調査員に見張らせています。学術的な部分は専門家ではないので判断しかねますが、それほど大きな変化はまだありません。〝金色姫〟に関しても情報収集を行いました。ただ……学園都市《ウェルス》の禁書庫を超える情報を得るのは難しいでしょう」

スラスラと話すグレイバルトに、フェリシアは少し驚いているようだ。

「……ザルデンとしてはまだ情報を掴んでいません。この街と先々の宿場町に噂を流して事前情報をある程度入れた方が、話がスムーズかもしれませんね」

「できるか？」

「まだ、夜が更《ふ》けて間もない……手勢を酒場に配置して軽く情報を流しましょう。この調子だと、ガデスの街には遅かれ早かれ知れ渡ります。コントロール可能なうちにやってしまいましょう」

グレイバルトはそう言い切って、ちらりと俺を見る。

別に俺が主ってわけではないのだが……

「じゃあ、頼むよ」

「承知しました」

少しばかり喜色をにじませて、グレイバルトが立ち上がる。

それと同時に、フェリシアが驚きの声を上げた。

「わっ、何この音⁉」

「おっと、お嬢さんには聞こえるんですか？　これ」

「すっごく高くて細い音だったんで、びっくりしちゃった」

俺には何も聞こえなかったが。

「砂梟の鳴き声を模した音です。手下に召集をかけるものなのですが……失礼しました」

「ううん。びっくりしただけ。ごめんね、グレイバルトさん」

「では、私は少し出てきます。明日の朝には噂が広がっているように部下を配置しますので」

それだけ言うと、グレイバルトはするりと姿を景色に溶けさせた。

パタン、とドアが閉まった音だけがした……これにしても、わざと音を立てたのだろう。

「もしかして、彼……すごい人なのかい？」

「能力だけ見たら、母さんのパーティにいたっておかしくない」

「それは……すごいね」

母のパーティである『最前線の者達《ジ・アルティメッツ》』に所属するのは、誰も彼もが伝説級の冒険者で、その特殊な能力は他の追随《ついずい》を許さない。

俺が思うに、グレイバルトはその母の慧眼《けいがん》にかなうだけの高い技術を持っていると思う。

少しして、システィルとダグが帰宅した。

「ただいまー！」

「ただいまッス」

「邪魔するぜ～」

妹達の他に、一人客が増えていた。

「お、リックも来たのか。てっきりミレニアのところに泊まるのかと……」

「国賓が辺りをうろついてる状態で、そういうわけにもいかねぇんだよ。そしたらシスティルちゃん達がいたんで……オレも、ちっと面倒見てくれ」

「いいとも。部屋もベッドも余っているしな」

三つにもなった市場通りの紙袋には、ジャンクな食べ物と野菜などの食料品、そして酒が詰められていた。それらを広げただけでテーブルはいっぱいになってしまったが、晩餐会では全く食事した気分になれなかったので、このくらいでちょうどいい。

「じゃあ、システィル。ボクらで料理しちゃおう。男どもは座って待っているがいいさ」

「あ、ナナシ。先に始めてていいから、並べちゃって」

フェリシアと共に台所に引っ込みつつ、システィルがナナシを投げてよこす。

空中で一回転したナナシは小さな煙を上げて、人の姿へと化けて……何事もなかったように着地。テーブルの上に食器を並べはじめた。

我が妹ながら、悪魔の扱いがぞんざいすぎる。

「……ただいま戻りました。おじゃましております、ヴァーミル侯爵閣下」

いつの間にか戻ってきたグレイバルトに、仕事モードの顔でリックが応じる。

「お初にお目にかかる」

「当屋敷では、身分はなしだ。リック、彼がグレイバルトだ」

俺が紹介すると、リックは相好《そうごう》を崩す。

「アストルのダチってなら、オレのダチでもあるわけだ。よろしくな、グレイバルト。リックと呼んでくれ」

「……はい。よろしくお願いします、リックさん」

グレイバルトは少し面食らったのかもしれない。だが、この屋敷では上下関係一切なしというのがルールだ。

フェリシアも遠慮なく彼に話しかける。

「さあ、座った座った。グレイバルトさん、何か好き嫌いは？」

「いえ、特には」

「じゃあ、じゃんじゃん出すから。いっぱい食べていってね」

フェリシアは言葉通りにテーブルに湯気の上がる料理を並べていく。

「よし、じゃあ乾杯といこう。ほら、フェリシアもスティルも、一緒に食べよう。神への祈りは省略。代わりに食材と恵みに感謝して……いただきます」

俺がヤーパン式の食事の合図をして、酒宴がはじまる。

それは夜更けまで続いたのだった。

◆

さんざん飲んで、ようやく起き出してきたのは昼に近い朝。

ゆっくりめの朝食を全員でとっていると、玄関ドアを叩く音が聞こえた。

代表して応対に出ると、玄関先には久しぶりに顔を合わせる女騎士のオリーブが立っていた。

「オリーブさん。おはようございます」

「おはようございます、アストル様。お時間を少し頂戴してもよろしいですか？」

少し切羽詰《せっぱつ》まった様子の彼女を招き入れ、椅子に座らせる。

よくよく見ると、上着とマントで誤魔化しているが、ほぼ全身鎧《フルアーマー》を装着している。

実に物々しい……これは何かトラブルがあったな。

側近中の側近とも言える彼女を送り出してきたということは、現在ミレニアは状況の解決に向けて行動中で、動けないのだろう。

「一体どうしたんです？」

俺の問いかけに、オリーブが周囲に視線を巡らせる。

「いざとなれば、妹達にも動いてもらいます。そのままどうぞ」

「わかりました。今朝確認されたのですが……コナゾール伯爵が屋敷から消えました」

「あのタヌキ親父め……またかよ」

リックがため息とともに、起き抜けの顔を真剣なものに変化させる。

俺も全く同じ気分だ。

「探査魔法は？　街斥候《シティスカウト》は出しましたか？」

「両方ともミレニア様が指示を出しておられます。できればアストル様とリック様にも手伝っていただきたいと……」

「わかった。俺達も手伝うよ。でも、その格好……もう目星はついているんでしょう？」

俺の質問に、オリーブが頷く。

「はい。ミレニア様はおそらくダンジョンへ向かったのだろうと」

「グレイバルト」

名を呼ぶと、優男が玄関ドアを開けて入ってきた。

「はい、ここに」

「何か知らないかな？」

「手勢の問題で、小物の動向まで細かく追えていませんでした、すみません」

仮にも同国の上位貴族を小物呼ばわりとは。……まぁ、それはいいか。

伯爵とはいえ、コナゾール伯爵は有能には見えなかった。

きっとグレイバルト達情報筋にとっても、さして重要な監視対象ではないのだろう。

「我が国の貴族達は夜半、多くの者が出歩きましたので、特に気にも留めていなかったようです。ただ気になるのは……冒険者ギルドに潜伏中の者からは、コナゾール伯爵が現れたという情報がありませんでした。わずかな手勢でダンジョンに入ったのかもしれません」

それはおかしい。

『エルメリア王の迷宮《ダンジョン》』は、バーグナー家が保有・管理する場所だ。

全ての入り口には昼夜を問わず番兵が立っているし、それをミレニアが確認していないとは思えない。

リックも同じように考えていたのか、俺が視線をやると、小さく頷いた。

「未管理の入り口が発生したか、それを隠していた連中にそそのかされるかした可能性があるな」

ダンジョンは生き物だ。

その広さと深さを増し、新たな罠を作り出し、魔物を生み出す。

そして、時に、広がった区画の上に新たな入り口を造り出すこともある。

そういった、管理者側で未発見の入り口を悪用する輩《やから》はそれなりにいる。

「オリーブさん、このことをミレニアに知らせてください。俺は未管理の入り口がないか探してみます。……ナナシ、頼むよ」

「わかった。吾輩も手伝おう」

ちょっとばかり、裏技だが、探せないこともない。

あんまりできるってことを公言したくないので、やらないけど。

「リック、探索準備……って、装備あるか？」

「おう、予備の装備をミレニアの屋敷に預けてあるから、それを使う。『竜殺しの魔剣《アスカロン》』は常に持っているしな」

「じゃあ、オリーブさんと一緒に行ってくれ。俺も準備したら向かう」

頷いたリックが上着をひっ掴んで、飛び出していく。

一礼したオリーブもその後をついていった。

「お兄ちゃん、私達は？」

俺はシスティルに頷いて答える。

「時間が惜しい、浅層の探索になると思うから、一緒に来てくれるか？」

特に、ダグにはついてきてほしい。

魔物《モンスター》相手にだって充分に強いが、この案件……下手をすれば対人戦もなきにしもあらずって予感がする。

コナゾール伯爵が単独でダンジョンの入り口に行っても、門前払いされるのが関の山だ。だからと言って、たまたま見つけた未管理の入り口に潜入する可能性なんて、ほぼないといっていい。で、あれば……彼を未管理の入り口へ誘った何者かがいるはずだ。

それが小金稼ぎをしたいバカな小悪党ならまだいい。

だが、エルメリアとザルデンの関係を悪化させようなんて意図を持った誰かが糸を引いていれば、最悪の事態もあり得る。

　現在のエルメリアの体制をよく思わない元貴族なんかが、勢いに任せたテロ活動にいそしむことなど、そう珍しくはないのだ。

「任せて、お兄ちゃん。これでもちょっとは強くなったもの……！　ダンジョンアタックだって慣れてるわ」

「ッス。フル装備で行くッスか？」

「頼む」

　ダグのフル装備は……俺謹製《きんせい》だ。

　というか、自分用に作ったのだが、全く使いこなせていなかったのを、ダグに使わせてみたら思いの外しっくりきたので、そのままプレゼントした。

　妹を守ってもらっているのだから、装備も良い物であれば、それに越したことはない。

「もちろん、ボクも行くよ。迷宮斥候《ダンジョンスカウト》としての経験もそれなりに積んでいるしね」

「助かる、フェリシア。……よし、じゃあ準備を始めてくれ。俺は入り口がないか探すよ」

　俺は小屋敷の外に出て、庭で準備を始めていたナナシに頷く。

「準備はできているよ。吾輩も魔法式の補助はする。……だが、探索範囲は我が主《マスター》次第だ」

「わかっている。じゃあ始めよう」

　二人で唱和しながら、多《た》重《じゅう》崩壊《ほうかい》型《がた》魔《ま》法式《ほうしき》を形成していく。

口語魔法言語でお互いに問答をするようにして、大型の魔法式を編《あ》む。

この魔法自体が、探索する魔法なのではない。

周囲の環境魔力《マナ》を大量に一極集中させて魔力《マナ》の噴出孔……つまりダンジョンの入り口を探り当てるのだ。

ダンジョンは地脈《レイライン》上の魔力溜まりにできやすい。

つまり、ダンジョンの入り口からは、魔力《マナ》が外部に向かって漏れ出しているのだ。

普段は環境魔力《マナ》に溶けゆくそれも、周囲の環境魔力《マナ》を薄くしてやれば、コントラストとして浮かび上がる……という、裏技で荒業《あらわざ》だ。

周囲で魔法を使っている人には傍迷惑《はためいわく》な行為で、少しばかり我慢してもらわねばならないが……

「……あったぞ……！　南東街区には入り口はなかったはずだが、気配がある」

「こちらでも確認して、座標をピン留めしたよ」

俺はナナシに頷いて、魔法式を完成させる。

魔法の内容は〝冬にしては少し暖かめの風が吹いていい陽気になる、ついでに空気もきれいになる〟なので、このまま崩壊に任せて発動してしまっていい。

今日一日くらいは魔法の使い心地が悪くなるかもしれないガデス市民へのお詫びだ。

「よし、じゃあ準備して向かおう。グレイバルト、すまないが、リック達に連絡を頼む」

「かしこまりました」

小屋敷で準備を急いで整えた俺は、見つけた地点へと急いだ。

◆

「な、なんだアンタら……⁉」

俺達が踏み込んだのは、路地裏にある建物の一画。

突然の訪問者に驚いた男は、逃走することもかなわず、腰を抜かして悪態をついた。

「細かい話はいい、ここに未登録のダンジョンの入り口があるな？」

俺の質問に男の目が泳ぐ。

潔く縦に首を振るわけにもいかないだろうが、わかりやすい反応だ。

俺に代わって、リックがコナゾール伯爵の似顔絵を男に突き出す。

「んでもって、こいつ通したよな？」

「し、知らない！」

「知っているって言うまで痛めつけてもいいんだけどな？」

リックが少しばかり凄みを利かせると、男は目を逸らしながらゆっくりと首を縦に振った。

「当たりだ。てめぇ、こいつが誰だか知ってて通したのかよ？」

「知らねぇよ。おれはここの見張り番に過ぎねぇし」

「くそ……とにかく突入しようぜ。身柄の確保が最優先だ」

振り返るリックに俺は頷く。

今ここで事の詳細がわかったところで、俺達救出部隊がやることは変わらない。

問題の追及はミレニアの仕事だ。

「この男を確保しておいてくれ。オレらはダンジョンに突入して伯爵を捜す」

「わかりました。お気を付けて」

同行した衛兵達がリックに恭しく頭を下げる。

ミレニアに近しい者達は、リックとのことをおよそ知っているし、俺に関してもそれなりに気を遣ってくれる。

「先生、こっちッス」

ダグが指さす方向……建物を抜けた先の、井戸のある小さな庭に、〝それ〟はあった。

「こりゃまた……」

「ええ、普通ッスね」

ぱっと見は、普通の地下貯蔵庫か何かへの階段にしか見えない。

だが、溢れる魔力《マナ》の波動がダンジョンの入り口であることを主張していた。

「では、アストルさん。私はここで一旦……」

「ああ。すまないが、情報収集とザルデンさん方の情報操作を頼む」

グレイバルトはダンジョンには入らない――いや、入れない。

俺と出会ったあのダンジョン攻略ですっかり『ダンジョン恐怖症』が染みついてしまったらしい。

冒険者には比較的多い、心の病《やまい》だ。

「どうすっか……未発見となると、地図がねぇぞ」

腕組みするリックの脇をすり抜け、俺は一歩前に出る。

「なんとかするよ。ナナシ、あれを試そうか」

「あれかい？　ま、この辺でやってみるのもいいかもしれないね」

肩の悪魔が〝ふむ……〟と考える素振《そぶ》りを見せる。

契約関係を結んで以来、俺の魔法はナナシと二人で展開するものがかなり多くなった。

単純に詠唱による魔法構築能力が倍になることに加え、ナナシの知識は俺のイメージを魔法式として補強するのにとても役立つ。

何より、魔法の研究をするのがお互いに楽しいという利点が大きい。

おかげで、大っぴらにできない魔法も、俺の魔導書には多く記載されてしまったが。

「先行警戒はボクが引き受けたよ」

『複合矢弾連続発射式魔動弓《マルチアミュニシャン・シューテッド・マジックボウ》』――通称、『太陽と月《タリーエ》』を担いだフェリシアが、注意深く階段を下りていく。

その後ろに盾役である重装備のオリーブが続く。

〝バーグナーの盾〟と巷で呼ばれる彼女の実力は、かつて『粘菌封鎖街道スレクト』で共に戦った頃の比ではない。

「オレはしんがりを務める。お前らは先に行ってくれ」

配置的にはそうなるだろう。

よくよく見れば、魔法使いが俺一人であるという点を除けばなかなか良いパーティに思える。

「入り口周辺は問題なし……アストル、何かするんだよね？」

フェリシアの報告に頷き、俺はナナシに呼びかける。

「ああ、ちょっと魔法で走査をかける。少し待っていてくれ。ナナシ、始めよう」

「承《うけたまわ》った。では、継いでいくとしよう」

難解な古代魔法と同じように、今回の魔法は詠唱を継ぐ方式で構成してある。

方法としては、この入り口を割り出した時のものと少し似ているかもしれない。

詠唱をナナシと二人で何度か継ぎながら、大型で複雑な魔法式を形成していく。

今回は多重崩壊型でなくてもいい。

ちょっとばかり手間はかかるが、実に単純な方法でダンジョンを探る。

「……こんなものではないかな？」

「ああ」

短く返事をして、魔法式を発動させる。

長らく研究していた魔法――〈共鳴探査《エコーロケーション》〉とでも名付けるべき魔法だ。

発動と同時に波長の異なる魔力《マナ》の波動が周囲に広がっていく。

ダンジョンは地脈《レイライン》の魔力《マナ》を『ダンジョンコア』が汲み上げて造り出したものだ。

その構造物にはダンジョン特有の魔力《マナ》が含まれており、〈共鳴探査《エコーロケーション》〉で放たれた魔力《マナ》の波動はそれに反響して広がっていく。

そして、反響したという結果を……俺は手に持っている特別な魔法道具《アーティファクト》へと記録した。

これは『自動地図《オートマップ》』と名付けたダンジョン専用の魔法道具《アーティファクト》で、その名の通り、この魔力《マナ》波動の反響を拾って地図として反映・記録していく便利な物である。

当然、〈共鳴探査《エコーロケーション》〉の波動も拾うので……一階層くらいであれば、短時間でほぼ完全な地図を作り出してくれる。

反響が行き届かなかったり、扉で封鎖されたりしている場所は未記入となるが……それでも未踏区域の突破には役立つ逸品だ。

「うわ……すごいッスね、これ」

横から覗き込んでいたダグが、驚きの声を上げた。

魔法の素養がない彼が、魔法に強い憧れを抱いているのを、俺はよく知っている。

ちょっとしたドワーフ並みに、彼は魔法道具《アーティファクト》信者でもあるのだ。

そして、与えたそれをことごとく使いこなしてみせるものだから、俺も時々……そう、時々自分では使えない魔法道具《アーティファクト》などを作って渡してしまう。

システィルには怒られるのだが、俺が作った何かを意気揚々《いきようよう》と使いこなすダグを見るのは少し面白い。

完成した地図を見たフェリシアが苦笑する。

「これって、先行警戒必要かな？」

「魔物《モンスター》や対象までは走査できないんだ。あくまでダンジョンの構成要素を読んでいるだけだからね。

だからフェリシア、罠もあるかもしれないので、注意深く頼むよ」

「了解……じゃ、行こうか」

フェリシアを先頭にして、久しぶりのダンジョンアタックが開始された。

◆

「地図があるから先行警戒は楽だけど……肝心の貴族さんがどこにいるかはわからないね」

「迷路《メイズ》が働いている気配はないから、手当たり次第に捜すしかないな」

コナゾール伯爵がどのくらいの手勢でここに下りたかすらわからない。

もし、自分の護衛だけ連れていたのであれば三人だ。

ここに入るようにそそのかした奴が、本当に観光がてらってことなら、護衛も兼ねてくれるだろうが……それはあまりに楽観的すぎる。

「それにしても、なんだってその貴族さんは、ダンジョンに入っていったんだい？　使節団っていうのは、ダンジョン攻略もするものなのかい？」

フェリシアが発した素朴な疑問に、リックが見解を述べる。

「オレらにもわかんねぇけど、意固地《いこじ》になってるんじゃねぇかな。あのコナゾール伯爵って人……できないとかダメだとか言われたら、意地になるタイプに見える」

確かに。しかも他のザルデン貴族の様子から、おそらく伯爵は伯爵でも、それなりに権力を持った……もしかすると、王に近しい存在の人物なのかもしれない。

結局誰も彼を完全に諌めることができないでいるのだ。

「死んでいなければどうとでもできる。死んでいたら……見つからなかったことにしよう」

思わず本音《ほんね》が漏れてしまった。

とはいえ、ダンジョンに潜った人間の遺体が見当たらないことなど、ザラにある。

ダンジョンに棲息する魔物《モンスター》は、いわば『ダンジョンコア』によって投影された影のような存在なので、基本的に食事をとる必要はない。

だが、本能的な食欲がないかというと、そうでもない。生態系を正確に反映していれば、別の魔物《モンスター》を捕食したり、共食いしたりもするし……人間だって喰らう。

ともすれば、死体を漁る魔物もいるわけで、ダンジョン内に残された者の遺体が無事である可能性など、保証できるわけはないのだ。

今回の場合、コナゾール伯爵が死体で見つかった方が、問題が大きい。

ザルデンや彼の家族には申し訳ないことだが、もし死んでいた場合は見つからなかったことにした方が事後処理は楽で、国としてのリスクも少ない。

「お兄ちゃん、そういうのよくないと思う」

不快感をにじませるシスティルを、ダグが宥《なだ》める。

「システィルちゃん、先生の言ってることは正しいッス。死んでることがわかった方が、迷惑をこうむる割合が高いんスよ」

「そういうもの？」

振り返るシスティルに、俺は頷いて答える。

「でも、そうしたら嘘をつくことになっちゃうよ？」

「そうだ。しかし、正しいことが良いこととは限らない。生きていてくれるのが一番良いんだけどな」

システィルにとっては、納得のいかないことかもしれない。

それが普通の感覚なのだと、俺も理解している。

ただ、ミレニアやエルメリア側がこうむる問題を考えると……コナゾール伯爵は所詮他人だと、心の中で早々に決着がついてしまうのだ。

「前方、通路の先に何かいる……！」

フェリシアが足を止めた。

目を凝らして【遠目】を発動させているようだ。

「大きめの人型……灰色、こん棒で武装。小さい角が二本頭にあって、牙がすごい」

「推定、『人食い鬼《オーガ》』だな。浅層で出るようなやつじゃない。やっぱり『層違《そうちが》い』が起きているか……！」

『層違い』は、こういった新しい出入り口や、突発で出現したダンジョンの入り口で起こることがある現象だ。

ダンジョンには違いないのだが、主迷宮《メインダンジョン》とは別ルートになっていたり、浅層のはずが中層相当の難易度になっていたりするので、侮れない。

『エルメリア王の迷宮《ダンジョン》』は出現してからずいぶん経つ拡張型ダンジョンであるために、こういったことが時々起こる。

「『灰色人食い鬼《グレイオーガ》』は十一階層以降から出現報告がある魔物《モンスター》だから、中階層相当と思って慎重にいこう」

俺の推測に、全員が緊張を高める。

浅層であれば、そうそう大きなミスをしなければ危険は少ない。

だが、中階層となれば、少しばかり気合を入れ直して、注意深くならねばならないだろう。

「とりあえず『人食い鬼《オーガ》』は仕留めるよ？　いいよね？」

「ああ、任せる」

俺はそう頷いて、フェリシアにいくつかの強化魔法を一気に掛ける。

それを受けた彼女が『太陽と月《タリーエ》』を一気に引き絞り、特別製の矢を放った。

小さな風切り音が一瞬だけダンジョンの壁に反響し、かなり先の暗がりからどさっ……と、何かが倒れる音が聞こえた。

「お見事」

オリーブが小さく感嘆《かんたん》の声を漏らした。

対するフェリシアは少し困ったように笑う。

「弓と矢が特別製だからさ。〝魔導師《マギ》〟特製の魔法武器《アーティファクトウエポン》だよ？」

「興味深いですね。私も昔〝魔導師《マギ》〟様に頂いた魔法道具《アーティファクト》を愛用しておりますが、これのおかげで何度か窮地《きゅうち》を脱しましたよ」

そう言ってオリーブが髪をかき上げる。その耳には、俺がかつて『粘菌封鎖街道スレクト』攻略の際にあり合わせの材料で作った〈身軽《ニンブル》〉の魔法が付与されたピアスが光っていた。

「まだ持っていたんですか？」

「男性からの初めての贈り物でしたので」

冗談めかしてオリーブが笑う。

「からかわないでくださいよ。今ならもう少しマシな物が用意できますので……。なんだか、懐かしいような、落ち着かないような気持ちですね」

小さく笑うと、俺の横でダグが難しい顔をしていた。

「オレは全身その〝魔導師《マギ》〟謹製の魔法道具《アーティファクト》だらけなんスけど……やっぱ、場違い感がハンパないッス」

「マジで？　すげぇな」

リックが興味津々といった様子で、ダグを見る。

手甲《ガントレット》と足甲《ブーツ》だけが少しばかり重装備で、腰部には二つのベルトバッグ、後ろの鞘には二本の小剣《ショートソード》、胸には投げナイフを挿したベルトをたすき掛けにしている。

一見、ダグは軽装の戦士に見えるはずだ。

……だが、実は半幽体化《アストラル》技術を応用して四つ分の魔法空間《マジックスペース》を展開できるように設計されており、そこには様々な魔法道具《アーティファクト》や魔法薬《ポーション》を収納してある。

ダグの器用さと戦闘勘は、それらをフルに活用できてしまうので……一対一だと、俺ももうかなわないかもしれない。

塔に戻れば、ダグ用に設計した戦闘用魔法道具《アーティファクト》もあるのだが……それは、結婚祝いに渡そうと思っていて、その存在は姉妹嫁とナナシのみしか知らない。

「こりゃ、オレの出番はないかもな」

『竜殺しの魔剣《アスカロン》』をカチャリと鳴らしながら、リックが苦笑した。

そうは言うが、リックの高速戦闘はさらに磨きがかかっていて、やはり魔法では到達できない領域に達している。

「先行警戒に出るね。とりあえず、階段までのルートを確定してくる」

「了解。気を付けてな」

フェリシアを送り出して、しばらく。

彼女は難しい顔をして戻ってきた。

「ちょっと良くない報せがあるんだけど、いいかな？」

◆

フェリシアに案内され、ダンジョンの奥へと足を進めた俺達は、そこにあるものを見て、思わずため息をついた。

「こりゃあ、厄介だぞ」

そう言って、しんがりを務めるリックが俺の肩を叩く。

「『層違い』だけど『地続き』か……。コナゾール卿のことは諦めた方がいいかもしれないな」

目の前では起動済みを示す薄い燐光《りんこう》をたたえた門《ゲート》が、小さな音を立てている。

『エルメリア王の迷宮《ダンジョン》』の主迷宮《メインダンジョン》であれば、十階層にあるものと同じだ。

門《ゲート》が起動状態である以上、ここからコナゾール伯爵は主迷宮《メインダンジョン》へと転移した可能性が高い。

まともな神経であれば、中層クラスの魔物《モンスター》がうろつくこの階層からさらに下に行こうなどとは思わないはずだが……素人《しろうと》は何をしでかすかわからないものだ。

「この階層の調査率はどんなもんよ？」

「まだ五割ってところかな。この層をチェックしてからの方がいいか……どこに飛ぶかわかったものじゃないし」

「じゃあ、ボクが先行警戒と強行偵察に出るよ。倒せそうな魔物《モンスター》は排除しながら先行してくる」

「大丈夫？　姉さん」

「問題ないさ。見つけて、射貫く。得意分野だよ」

そう言って、フェリシアが駆け出していく。

チヨとはまた違った先行警戒の仕方だ。

「ナナシ、〈人影感知《センスパーソン》〉の拡大術式を組むから手伝ってくれ」

「固定して常駐化しようってことかな?」

話が早くて助かる。

〈人影感知《センスパーソン》〉はあまり強い魔法ではないし、俺とも相性が良いわけじゃない。

ユユのように上手くは使えないので、魔法式を多重化して無理やりに出力を上げて……かつ、それを常駐化させることで、わずかな反応も拾えるように魔法を改変していく。

「上手くいったかな?」

「吾輩が手を貸したのだ、このくらいは容易いよ」

やけに尊大な態度のナナシを傍目《はため》に、俺は術式を組み上げて、発動する。

……しかし、返ってくる反応は俺達のもの以外にない。

抵抗《レジスト》しているか死んでいるかでなければ、コナゾール伯爵はもうこの階層にはいないのかもしれない。

もっとも、〈人影感知《センスパーソン》〉なんて弱い魔法は意識して身を隠しているだけで抵抗《レジスト》されてしまう可能性があるので、確実ではないが。

「……だめだな、見つからない」

「クソ! ホント何考えてんだ、あのおっさん」

悪態が冒険者時代に戻っているぞ、リック。

ま、それも仕方がないことか。

ある程度は潜り慣れたはずである『エルメリア王の迷宮《ダンジョン》』の新ルート。

こんな時でなければ、少しばかり心が躍ってしまうシチュエーションだ。

入り口のあの男か、あるいは伯爵をそそのかした別の誰かかは知らないが……入り口を隠したくなる気持ちはわからないでもない。

違法だが。

「アストル」

少しして、フェリシアが先行警戒から戻ってくる。

「このエリアとこのエリア、それとここの奥は見てきたよ。誰かがいた形跡はなかった」

「これで、この階層はほとんど全部か」

フェリシアが示した場所は、この階層のほぼ全てだ。

これで見つからないとなると、やはりこの門《ゲート》が怪しい。

『掃除屋《イーター》』がいるからなぁ。たとえ何かあったとしても、残ってない可能性はあるが、やっぱりここからどこかへ跳んだと見てよさそうだ」

「やれやれ……んじゃ、行きますか」

座り込んで体力を温存していたリックが立ち上がって、埃《ほこり》を払う。

「みんな聞いてくれ。これを通ればどこに跳ぶかわからない。脱出用に『ダンジョンコア』は持ってきているが、気を引き締めてくれ」

俺の言葉に全員が頷く。

「じゃあ、乗ってくれ」

全員が門《ゲート》の上に乗ったのを確認してから、俺はキーワードを口にする。

世界が反転したかのような感覚の後、すとん、と地面の感覚。

……そして、漂う血の臭い。

「やっべぇ」

リックが小盾《バックラー》を構えて、漏らす。

オリーブも同様に、俺達を隠すように大盾を構える。

「跳んだ先に門番《ゲートキーパー》がいるタイプか……！　全員、戦闘準備！」

俺の合図に従い、オリーブを先頭に、皆が戦闘陣形を取る。

目の前にいるのは、身長四メートルほどの四本腕の巨人だ。

その手の一つには、原形をとどめていない何かしらの肉塊《にくかい》が握りしめられている。

ちらりとリックを見ると、舌打ちと小さなため息。

コナゾール伯爵のことは、残念ながら諦めるしかなさそうだ。

あそこまで損壊していては、もはや回復魔法って話でもない。

「来ます！」

オリーブが声を張り上げる。

四本腕の巨人が、貴族の残骸《ざんがい》を放り出して、新たな獲物である俺達へと突っ込んでくる。

得物はなし……だが、あの丸太のような腕と、鋭い爪に触れれば、あっという間に致命傷を受けてしまうだろうことは明白だ。

「先制ッ！」

フェリシアが特殊矢を巨人の顔めがけて放つ。

貫通性能を限界まで引き上げた特別製だが……巨人は腕を振ってそれを叩き落としてしまう。

図体がでかくとも、鈍重《どんじゅう》というわけではないらしい。

ますます侮れない相手だ。

俺は矢面に立つオリーブを中心に強化魔法をかけて、相手を分析しようとする。

幸いなことに、魔法使いや弓兵を先に狙うなんて戦術を持った魔物ではないらしい。素直にオリーブと対峙してくれている。

「ナナシ、助言を」

「些か大きいが、アスラオーガではないかな？　特定の種族かは不明。だが、搦め手を使ってくるような相手には見えないね。ただ、生命力はとても高そうだ」

そう話しつつも、ナナシはいくつかの弱体魔法を巨人に放つ。

俺は【反響魔法《エコラリア》】を使用して弱体魔法の深度を上げつつ、決定打となりえる何かを模索する。

「難しく考えることはなさそうッス……人型なんスから、首を落とすか心臓を貫くかすれば、倒せると思うッス」

「ダグ、いけるか？」

「お任せくださいッス」

言うが早いか、ダグはお手玉のようにした魔法薬瓶《ポーション》を連続して、巨人へと投げる。

そして、次の瞬間には魔法空間から取り出した投槍射撃装置《ジャベリンシューター》を足元に設置して、即座に装填済みの八本の投槍《ジャベリン》を発射した。

それが終わるや否や、足甲《ブーツ》の付与《エンチャント》を発動させて、高速で飛び出していく。

ここまでくれば、もはや何が魔法で何が技術なのかわからない。

「終いッス」

連続攻撃に気を取られた巨人の首元で、透明なガラスの剣《クリティカルブレード》が一閃した。

◆

「さすが、ダグね」

妙に鼻高々といった様子のシスティルを置いておいて、俺は放り出された何某《なにがし》かの残骸を見分する。

あまりじっくりと見るには凄惨《せいさん》な状態だが、これが誰であるか確認する必要があるし、もしかすると、コナゾール伯爵ではないかもしれない。

「うーむ……」

貴族風の衣類ではあるが、肝心なところは大部分が齧《かじ》られてしまっていて、確信が持てない。

「どう思う？　リック」

「どうもこうも、なぁ。この服……コナゾール伯爵で間違いないんじゃね？」

「ザルデン風ではあるけど、コナゾール伯爵だと断ずるには少し弱くないだろうか？」

自分で言っておいてなんだが、ダンジョンに入っていったザルデン貴族なんてコナゾール伯爵をおいて他にいないのだから、ほぼ確定だろう。

「……ところで、ここどこだ」

少し心を落ち着けて辺りを見回すが、こんな場所は俺の記憶にない。

地図を取り出して、周囲を確認しても、やはり該当するような場所はなかった。

……〈共鳴探査《エコーロケーション》〉を発動してみるべきだろうか？

「十五階層……じゃねぇよな。もしかすっと……ここ、迷路《メイズ》エリアか？」

「可能性はあるな。だが、今の門番《ゲートキーパー》を見るに、十一階層やそこらではなさそうだぞ」

と、なれば。現在地は、未踏破の場所か……あるいは、深層に至るために越えねばならない二十一階層からの迷路《メイズ》エリアとなる。

どちらにせよ、リスクは相当に高い。

俺達全員、深層に向けて本格的なダンジョンアタックをしに来たわけではないので、準備不足だし……何より、経験不足だ。

連携もろくに練習していない突貫パーティで、中層以上に踏み込むのは避けたい。

「どうする？　『ダンジョンコア』使うか？」

「うーん……そうだなぁ。とりあえずこの階層を探索して危なそうだったら、コアを使って脱出しよう」

何せ、俺達をここに飛ばした門《ゲート》は一方通行らしく、戻るための門《ゲート》のようなものは何も見当たらない。

『地続き』であっても、件の未確認出入り口が発見されていなかったのは、そういう理由だろう。

「じゃ、ボクは先行警戒に行ってくるよ」

「ここからは慎重にな、フェリシア。遭遇戦を避けられればいいから、強行排除はしなくてもいい」

「りょーかい」

ゆっくりと足音を殺しながら、フェリシアが通路の先へと消える。

「ダグ、魔法道具《アーティファクト》の貯蔵は充分か？」

「大丈夫ッス」

「しかし、ダグの戦闘はスゲェな」

重い空気を払うように、リックが笑顔を向ける。

リックはダグに剣の稽古《けいこ》をつけたりもしていたから、成長したチンピラ小僧の成長に驚いたのだろう。

「いやいや、すごいのはオレじゃなくって、アストル先生ッスよ。とんでもない銭投げッスし」

「銭投げ？」

リックの質問に、ダグが頷く。

「今さっきの戦闘でオレが使った魔法道具《アーティファクト》……金貨が何枚飛んだか、考えたら計算が怖くなるッス」

「お、おう。なるほどな」

リックがちらっと俺を見る。

気を遣っているのだろう。

「ダグ、それは気にしなくていいって言ってるだろ？　俺が集めた素材で俺が作ったものなんだから。無料《ロハ》だよ」

「普段先生は金銭感覚鋭いッスけど、こういうところだけルーズすぎッス……」

「確かに……。さっきの魔法剣？　あれもすごかったもんな」

ダグに同意して、リックがしみじみと呟いた。

もちろん俺だって、ダグが使った魔法道具《アーティファクト》がタダではないことはわかっている。

しかし、各種攻撃用魔法薬《ポーション》や投槍射撃装置《ジャベリンシューター》で打ち出される投槍《ジャベリン》の値段はたかが知れている。

……主に値が張るのは、リックが例に挙げた魔法剣――『ガラスの剣《クリティカルブレード》』だ。

ガラスの剣《クリティカルブレード》は使い切りの消耗品かつ、作るのに少しばかり技術がいるので高くつくが……材料調達から作製まで俺がやってるんだから、そう目くじらを立てることでもない。

それよりも、この不明な状況の中で怪我人も出さずに門番《ゲートキーパー》を始末できたという事実の方が、値段以上の成果と言えるだろう。

命に値段はつけられない。失われた後にいくら金貨を積んだって、命は戻りはしないのだから。

俺は肩を竦めてリックに応える。

「レンジュウロウさんの【必殺剣《ひっさつけん》】を再現できないか、いろいろと試した結果だよ。結局、そこそこの物しかできなかったが……使う奴次第では、ご覧の通りさ。物凄く脆《もろ》いけど、切れ味抜群だ」

それ故に、ダグのように器用にあれを振るえる者にしか使えないのだが。

「相変わらず無自覚に怖いもん作ってやがる。しっかし……どうすっかな」

「コナゾール伯爵は見つからなかった……だろ？」

「事実としてな」

それらしい残骸が見つかったが、これが服を着せ替えられた別人である可能性は否定できない。

「報告は正確にするべきだろう？　見つからなかったんだ、彼は」

「そうだなぁ……少なくともウソは言ってない。〈嘘感知《センスライ》〉にかけられても、反応はしねぇな」

極めて政治的な悪だくみをする俺達に、システィルが大きなため息をつく。

「オリーブさんはどう思う？　リックさんもお兄ちゃんも、ちょっとひどくない？」

「政治的な判断としては、妥当な落とし所かと。ダンジョンとはいえ、バーグナーの領地と言えますし、そこで事故にあって命を落としたとなれば、ミレニア様の責任問題となりかねません」

オリーブの言葉に、システィルがぐっと詰まる。

「システィルさんのお考えもよくわかります。ですが……ヴァーミル卿や〝魔導師《マギ》〟様のおっしゃることもご理解ください。お二人は、悪意から事実と真実を切り離そうとしているわけではありません。これはミレニア様とエルメリア王国を守るための必要なことだとお考えください」

「私はこの貴族様を知らないけど……この貴族様のご家族や友人は悲しまないのかしら？」

純粋であるが故に、システィルには理解できても納得できない部分があるのだろう。

「システィルさん。難しいかもしれないですけど、表面上の言葉が違うだけです。おそらく報告を聞いた皆さんは、ご理解されると思います。ダンジョンに向かった可能性があり、そこで消息を絶った……それは、遠回しに死亡したと伝えるのと同じです」

冒険者でもないずぶの素人が、物見遊山《ものみゆさん》で無登録の違法な入り口へ向かい、消息を絶った。

それは一般的には迂遠な死亡報告となるだろう。

しかし、事実としては死体が出てこなければ『行方不明』として報告を上げることができる。

真実がどうであれ、帰らぬのであれば……不必要に波風を立てる必要はない。

「そう……か。そうなんだね。ごめん、お兄ちゃん」

「いいんだ。システィルの言っていることは正しい……。でも、今は少しだけわかってくれ」

少し落ち込んだ風の妹の頭を軽く撫でながら、俺はその純粋さを少しうらやましく思った。

◆

『自動地図《オートマップ》』とフェリシアの先行警戒を頼りながら、俺達は暫定中層階を進んでいく。

幸い、食料は俺もダグも魔法の鞄《マジックバッグ》に入れてきていたので、しばらく留まる分には問題ない。

途中、魔物《モンスター》との遭遇と戦闘があったが、俺達で充分に対処できる相手ばかりだった。

ただ問題は……ここが今何階層で、地上に出るのにどれだけ時間がかかるかということだ。

『ダンジョンコア』は貴重なものだし、ただ脱出できる便利アイテムというわけではない。あくまで緊急避難用であって、可能であれば足で地上に戻るのがベターだ。

「これ、下っているけどいいのかな?」

階段を下りながら少し不安げな表情のフェリシアを宥めるように、俺は説明を口にする。

「跳んだ階層に、上り階段はなかった。ってことは、ここは『迷路《メイズ》』エリアで、抜けるまでは戻るのも無理だろうと思う」

『迷路《メイズ》』エリアは、多階層に見せかけて、一つの塊《かたまり》になっている。

侵入すれば抜けきるまで後戻りできない仕様で、いわばエリア自体が罠そのものなのだ。

代わりに、一旦抜けてしまえば、帰りは上階層方向の門《ゲート》に乗れば、入った門《ゲート》に一息に戻ることができる。

その場合、再配置された門番《ゲートキーパー》と鉢合《はちあ》わせする危険性もあるが、門《ゲート》が配置された部屋から脱出すれば、奴らは深追いしてこない。

当初俺は、跳んだ先が上階層なのかもしれないと軽く期待したが、出現する魔物《モンスター》の強さなどから、やはりいきなり奥に飛ばされる逆配置型の門《ゲート》だと判断するほかなかった。

「これで五階層目……。『迷路《メイズ》』エリアは五階層で一塊になっている場合が多いから、このエリアはくまなく探索しよう」

「了解。じゃあ、〈共鳴探査《エコーロケーション》〉をお願い」

今日はすでに五回〈共鳴探査《エコーロケーション》〉を使っている。

この魔法はランク的にはVランクに相当し、結構魔力《マナ》消費の大きいので多用するべきではないのだが、状況が状況だ……先行警戒の精度の方が重要だと割り切るしかない。

俺が戦闘に魔力《マナ》を割けなくとも十二分な火力は確保されているし……虎の子の『魔力の秘薬《エリキシルオブマナ》』も持ってきている。

「待って、フェリシア姉。長い休憩《ロングキャンプ》をどこかでとらないと、お兄ちゃんが倒れちゃうよ」

システィルの言葉に、周囲がハッとした空気に包まれる。

「そ、そうだった。アストルが涼しい顔してるもんだから、すっかり忘れてたよ。それ、相当重たい魔法なんじゃないのかい？」

「まあ、それなりには。でもまだ余裕あるから大丈夫だよ」

俺の返事に、リックが不審の目を向ける。システィルとフェリシアもジトッとした目でこちらを見ている。

「ランクはいくつだい？」

「……Vくらい、かな？」

「ちょっとお兄ちゃん、今日すでにVランク魔法を休憩なしで五回も使ってるってこと？　戦闘でも魔法、使ってるよね？」

「待つッス。入り口探しにもすごい魔法を使ってた気がするッス……」

ダグがそう呟き、そのまま無言で『結界石』を取り出す。

「おいおい、アストル。さすがに無理しすぎだろ。ミレニアでも魔力枯渇《マナエンプティ》でぶっ倒れててもおかしくないぞ。気付かなかったオレらもオレらだが……」

「適宜魔力補充薬《マナポーション》も飲んでいるし、大丈夫だ……いざとなれば、レベルでも溶かすさ」

レベルが400を超えている俺にとって、少しばかりの魔力変換《マナコンバート》は大したことではない。

……が、この発言は些かまずかったようだ。

俺の肩をシスティルとオリーブの手が両側からがしりと掴む。

「ユユ姉とミント姉から、無理しないように見張っとけって言われてるの」

「ミレニア様からも同じように命じられています」

「だ、大丈夫だって」

「ダメだ、信用できねぇ……。ここで長い休憩《ロングキャンプ》を張るぞ。ダグ、結界石と結界杭を配置してくれ。おい、ナナシあの変な魔法だ。メシにするぞ」

さすがダンジョン探索部隊の隊長を務めるヴァーミル卿《リック》だ。

てきぱきと指示を下していく。

ナナシも長い休憩《ロングキャンプ》には賛成のようで、近くの壁に向かって〈台所変化《キッチンディスガイズ》〉の魔法を放っている。

「……本当に大丈夫なんだけどな」

「ダンジョンは五階層ごとに長い休憩《ロングキャンプ》を取るのがセオリーっていうのは、お兄ちゃんが教えてくれたことでしょ」

「ああ、そうだった」

そして、それを俺に教えてくれたのはエインズ達だ。

そういえば、エインズ達抜きで『エルメリア王の迷宮《ダンジョン》』に潜っているんだな……

なんだろうか、少し寂しい気がしてくる。

俺ももう駆け出しではないし、それなりの経験も重ねている。

それでも、あの六人で『エルメリア王の迷宮《こ　こ》』に来られていないことが妙に寂しく、不安な気持ちになってしまうのは何故だろうか。

「なかなかアンニュイで悪魔好みの気分だね、我が主《マスター》」

繋がり《リンク》から俺の心情が漏れたのか、出来上がったキッチンに火を入れるナナシがカタカタと頭蓋を鳴らした。

「どうかしたか？」

キャンプの準備を進めるリックが、振り返る。

「いいや、妙な気分だと思ってさ。かつて憧れた『エルメリア王の迷宮《ダンジョン》』の謎の未踏破区域に踏み込んでいるのに、エインズ達もミレニアもいないっていうのが……なんだろう、後悔か？　なんとも言えない気分だよ」

「なるほどな。気持ちはなんとなくわかるぜ。オレとしては、お前とこうやってダンジョンに潜れるのは、ワクワクするんだけどな。あのおっさんのことがなきゃもう、二、三日は潜っていたい気分だぜ」

笑って返すリックに少しばかり、気持ちが軽くなる。

「申し訳ありません、アストル様。私では力不足でしょうが……」

「いいや、オリーブさん、違うんだ。不安を感じているのは、そこじゃない。みんなとの約束が果たせていないことが、なんだか心苦しくてさ」

このパーティに関して力不足は全く感じていない。

ハッキリ言って、システィル達のチームはダンジョン下層域でも充分に通用する実力に思えるし、オリーブやリックに関しても同じだ。

「なら、アストル。早いとこ問題を終わらせて『エルメリア王の迷宮《ダンジョン》』攻略計画を進めようぜ。あれの要《かなめ》はエインズさん率いるお前のパーティなんだしさ」

「そうだなぁ……。早く平和になって、お前らの結婚を祝って……全部片付いたら、ちょっとやりたいことがあるんだよなぁ」

「なんだよ、やりたいことって」

「今はまだヒミツだ。でもきっと……実現してみせるさ」

そうこうしているうちに、瞼《まぶた》が重くなってくる。

思いの外《ほか》、消耗していたのかもしれない……

システィル達が何やら良い匂いのするものを作っているが、起きてから食べることにして、俺は押し寄せる眠気に身を任せ、意識を手放した。

◆

「……以上が報告となります」

オリーブの報告を末席で見届け、送られる視線に頷く。

結局、俺達が地上に戻るまでは、まる二日間が必要だった。

帰還して早々に俺とリック、オリーブはバーグナー伯爵邸に向かい、会議室にてザルデンの面々に調査報告をすることになったのだが、やはり空気は重い。

ちなみに、この場にいるとボロを出しそうなのでスティル達はエインズの小屋敷においてきた。

「コナゾール伯爵は見つからなかったと？」

「はい」

ザルデン貴族の厳しい声に、オリーブが端的な返答を繰り返す。

あの迷路《メイズ》を抜けた先は、第二十五階層……ほぼ攻略最前線の下層エリア。

かつてミレニアとリックを救出したエリアよりもさらに下の階層にある、未発見の隠し部屋に俺達は到達してしまったわけだ。

おかげで前回は『ダンジョンコア』で脱出したこの下層区域からの脱出を、自分の足で行うことになった。

ただ、俺達としては収穫もあった。

今回見つかった入り口を使用してダンジョンに進入すれば、かなりのショートカットで最下層近くまで行ける。それに加え、『迷路《メイズ》』を抜けた先の小部屋は安全なキャンプ地として使用できることがわかったからだ。

「……それでは話が通りませんぞ！」

スレイル伯爵がミレニアに声を荒らげる。

言ってみれば、これは警備担当者である彼の落ち度にもなるわけで、原因と結果のはっきりしない今回の調査結果では納得がいかないのであろうことは、報告前から容易に想像できた。

「こちらは事前にダンジョンには立ち入らないように警告し、また入り口の警備兵にもお通ししないように通達は行なっていました」

「しかし、実際にはダンジョンへと入られてしまっているではないか！」

「スレイル伯爵様？　ダンジョンという特質上、未発見の入り口が発生している場合もあるのはご存じでございましょう？　管理下にある入り口を封鎖するだけでも手一杯なのです」

責任がないことを強調するミレニア。

ここで中途半端にでも責任を認めれば、あとあとさらに厄介なことになりかねない。

事実、こちらに非はないのだ。

捕まえた男は、裏稼業を生業《なりわい》とする下っ端の人間だった。

その背後に、エルメリアの元貴族の影もちらついている。

言うなれば今回のこれは、嫌がらせとテロ活動をない交ぜにしたような行動だ。

王国に人が足りていないことは、少し目端《めはし》の利く者であればすぐにわかる。貴族位を剥奪された元貴族というのは、今でもそれなりに財とツテがあるので、そういった情報を耳にする機会もあるだろう。

ならばザルデンとの関係を悪化させて混乱を巻き起こせば、人手の足りなくなった王国は猛省し、〝(自称)王国愛に目覚めた自分〟を再起用してくれるかもしれない。少なくとも、実務経験のない誰かよりは自分の方が起用される確率が高いはずだ……などと考えている愚か者は、意外と多い。

今、この国に必要なのは、実務経験よりも信頼だというのに。

祖国への裏切りや他国への恭順《きょうじゅん》を帳消しにできると信じているのだ。

「このガデスで行動の制限はいたしませんでした。それは事前の話し合いで皆様からそう提案があったからです。必ず護衛をつけて、危険には近寄らないと……約束していただきましたよね？」

ミレニアが長テーブルに会するザルデンの親善使節達をぐるりと見回す。

その視線には、鋭いものが含まれている。

「それを、裏稼業の人間に接触して未登録の入り口に案内させ、あまつさえ侵入するとは……。逆に問いますが、こちらで入ってはならないと定めた場所に断りもなく入り込むことは、領土侵犯や不法侵入にあたるとは思わなかったのですか？」

「冒険者達が自由に出入りしているダンジョンに入っただけで、何故そうなる!?」

顔を赤くして怒鳴るスレイル伯爵に、ミレニアが冷たい視線を投げる。

「他のダンジョンはいざ知らず、この『エルメリア王の迷宮《ダンジョン》』は、当国に関する秘密があるとされる公用管理地です。この街で活動する冒険者も、ギルドの登録番号と入殿許可を紐《ひも》づけして一人一人契約書を交わしています。……それを他国の貴族が許可も得ず行なったのです。不法侵入、領土侵犯と言わずしてなんと言えばいいのですか？」

ザルデン貴族達が言葉に詰まり、俯《うつむ》く。

彼らは親善大使としてこの国を訪れ、歓待を受けている立場だ。

それがエルメリアの重要な場所……しかも、あらかじめ〝近寄ってはならぬ〟と言い含められていた場所に、半ば押し入るようにして入って行方不明になった。

俺達は安否確認に動きはしたが、話の落としどころはすでにミレニアの中で定まっていたのかもしれない。

デミントン侯爵が、髭に覆われた口を動かす。

「あい、わかった。しかし、このままエルメリア王の御前に出向くのは些か不敬というもの。一度、国へと帰り、我が王に報告の後……再度の訪問の機会を伺いたいと思う」

さすがの王の側近……その表情は少しばかり疲れているようにも見えるが、あまり変化は見られない。

「それがようございましょう。私《わたくし》からも、両陛下に書簡をしたためさせていただきます。お互いにとって不幸なこととなりましたが、今後もより良い関係となりますようお取り計らいくださいませ」

お互いに視線を合わせ、ミレニアとデミントン侯爵が席を立つ。

それに合わせて、ザルデン貴族達もあわてて席を立ち、デミントン侯爵の背中を追って退出していく。

小さな舌打ちやひそひそとした囁き声、そしてスレイル伯爵の荒い鼻息がこちらに向けられるが、ミレニアはそれを面と向かって受け止めつつも、最後まで涼しい顔を通した。

きっと、心中は穏やかでないだろうに……貴族というのも大変だ。

全てのザルデン貴族が退出し、静まり返る会議室の扉を、執事に扮《ふん》したナナシがパタンと閉める。

直後、ミレニアがこちらへと小走りで駆け寄り、俺とリックをその細腕で抱き寄せた。

「二人とも無事でよかった……！　私《わたくし》のトラブルに巻き込んでご免なさい」

「ミレニア、お疲れ様」

ミレニアの背中をぽんぽんと叩いて、俺は少し身を離し、リックに任せる。

本当に温もりを共有すべきは、この二人だろう。

友人としての立場なら、ねぎらいの言葉一つで充分すぎるくらいだ。

「ヴィーチャには俺から〈手紙鳥《メールバード》〉を先に飛ばしておくよ。正式な書簡は規定通りに送ってくれ。きっと王議会で必要になるだろう」

「わかったわ。でも、親善交流は失敗ね」

「こちらに非があったわけじゃない、しかたないさ。さて、気持ちを切り替えて……俺は次の問題に取り掛かるとするよ」

〝金色姫〟についても、そう余裕があるわけではない。

不幸中の幸いと言うべきか、直近の都市にいるわけだから、これの対処に取り掛からないと。

「先走るんじゃねぇぞ、アストル。オレらも行くからな」

「そうですよ？　よろしいですか、アストル。きちんと国家サイドで行動指針を立てます。ですので……無理と無茶と独断専行は禁止ですよ」

ようやく抱擁を解いたリックとミレニアが、妙に強い圧力で俺に詰め寄った。

結婚するか前からチームワークのいい二人だな。

「わかっているよ。さて、使節団の帰りの護衛は俺がつかなくてもいいんだろう？　俺は一旦、ウェルスへ帰ってくるよ。ユユとミントが到着する前に、いろいろとやっておかなくっちゃ」

◆

エルメリア王国から学園都市《ウェルス》に魔法で跳んで帰った翌日。

俺の塔に、緑の塔の重鎮が訪ねてきていた。

「話は聞きましたよ。〝金色姫〟とは、また厄介事に突進したものですね」

「マーブル、別に俺がアレを呼んだわけじゃない」

茶をすすりながら、魔法の師の一人であるマーブルに抗議する。

慣れてはきたものの、やはり胡散臭《うさんくさ》い。

そう感じるのは彼女の『不利命運《ディスアドバンテージ》』の影響だとわかっていても、だ。

「奥様方から情報を聞いて、こちらでも文献をあたってみたのだけど……まだ茨の精霊《ソーンエレメンタル》が城を築いている段階なら、対処できるかもしれません」

「含みのある言い方だな」

「そうゆっくりもしていられないってことです。そも、精霊のすることに手出し無用というのは森人《エルフ》の間では常識中の常識ですからね。こうやって手を貸すこと自体、異端と思われていますよ、ぼくは」

森人《エルフ》というのは、自然と調和して生きる者達の代名詞のような種族だ。

彼らの多くは、深い森の奥に長い時間をかけて造った都市に住んでおり、人間の生活圏に姿を現すことはそう多くない。

エルメリア王国でも、森人《エルフ》の王国『アルフヘイム』とやり取りするのは、レイニード侯爵のみだ。市井《しせい》で見る森人《エルフ》は、森人《エルフ》の中ではいわゆる変わり者とされる者達で、穏やかすぎる森人《エルフ》の暮らしに嫌気がさした若い森人《エルフ》が多い。

そんな森人《エルフ》達にとって、精霊とは身近でありながら奉《まつ》るべき存在らしい。

何せ、ナナシが言っていたように、精霊はこのレムシリアという世界の構成要素そのものだ。

その意図と意志と行動は、いわば世界の摂理としてこの世界に影響を与える。

今回の〝金色姫〟についても、自然現象——いや、自然災害か——の一つとして、森人《エルフ》は傍観《ぼうかん》を決め込むだろう。

精霊と対話できる森人《エルフ》達が手伝ってくれれば、被害を抑えられると思ったが、マーブルと話すうちに、それが無理筋だということが理解できた。

自然現象とて、なんとかせねば人が生活できないだろうに。

「で、時間がないとは？」

「〝金色姫〟が羽を広げる前に討たねばならないということです。ぼくは真森人《ハイエルフ》の中でも異端中の異端なので、簡単に口に出しますけどね……森人《エルフ》にとって〝金色姫〟は神の使いです」

「神の使い……？」

「ええ、森人《エルフ》の生活様式は森と共に在ります。森を広げ、それを守る〝金色姫〟は、ぼくらにとっては都合の良い存在なんです」

ほんの百数十年前までは、人族と森人《エルフ》は対立関係にあった。

森を切り拓き、農地にしたい人族と、生活圏を脅かされた森人《エルフ》。

両者が相容れるはずはなく、戦争になった。

森人《エルフ》は人族の数による戦法に押されたものの、人族もまた森人《エルフ》の奇襲や強襲、それに古い原始呪術に対抗できなかった。

数で勝る人族は正面切ってぶつかれば森人《エルフ》に負けなかったが、数日後には顔を見られた指揮官や貴族が暗殺されるか呪殺される。

人族の王達は、その血族の半数ほどを失って、ようやく何を相手にしているか理解した。

そうして、森人《エルフ》と人族は表面上、対等な関係として不可侵条約を結ぶに至ったのだ。

あのまま続けていれば、おそらく森人《エルフ》が人族の王族を根絶やしにして勝利していただろうと言われている。

それをしなかったのは、六人いる森人《エルフ》の王達が、慈悲をかけたからだ。

今やそれを知る人族もいないだろう、と文献には記されていたが。

それで、この話がどう繋がるかというとだ。

全ての森は森人《エルフ》の住処として、お互いに不可侵の取り決めがかわされた。

人族との対立は落ち着き、森人《エルフ》達は積極的に森を広げるわけでもなく過ごしているが、〝金色姫〟の出現によって、その勢いは大きく変わる。

森人《エルフ》は森があれば、そこに住むし……極端な話をすれば、小迷宮《レッサーダンジョン》である『ベルベティン大森林』にだって、森人《エルフ》の集落はある。

信じられるだろうか？

魔物《モンスター》ひしめくダンジョンの只中に、彼らは生活圏を確保しているのだ。

環境が森だという、その理由だけで。

つまり、〝金色姫〟の出現は、彼ら森人《エルフ》にとって生活圏を拡大する格好の機会とも言える。そして長生きな彼らからすれば、わだかまりの残る生意気な人族からその領土を奪取する良い機会でもある。

救援を要請したところで、絶対に助けてくれないだろう。

「……というわけです」

「なるほど。じゃあ、マーブルも……？」

「ええ、さすがにぼくも森人《エルフ》の端くれですからね。面と向かって前線に立つことはできません。義理人情からすると、あなたを手伝いたい気持ちはあるんですが」

マーブルはこの学園での地位を使って、人間社会に出てきた森人《エルフ》の受け皿となっている部分もある。

おいそれと、表立った対立はできないだろう。

「情報だけで充分だよ。その、弱点とかないのか」

「〝金色姫〟は黄金の光を纏った蛾のような生物だと聞いています。森人《エルフ》の心情的にも、戦略的にも、討伐するなら羽化する前の方が良いでしょうね」

そりゃ、出てきた神の使いを人間が、あの手この手で攻撃しているのを見れば、森人《エルフ》としては心中穏やかではないだろう。

「俺達の行動を、『アルフヘイム』の森人《エルフ》達が邪魔するってことは……？」

「ないとは言い切れませんが、出不精で信心深い彼らは、良くも悪くも自然主義者です。茨の精霊《ソーンエレメンタル》に力を貸すことも、〝金色姫〟を守ることもしないでしょうね」

現住生物である人族《俺達》に討伐されるのも、自然淘汰の一部って思考か。

わかりやすいのかわかりにくいのか……理解に苦しむ。

協力は仰《あお》げないが、邪魔もしてこないというなら、それはそれで特に気にする必要はないだろう。

「いろいろとありがとう、マーブル。なんとかやってみるさ」

「ええ、ご武運を。アストル」

茶を飲み干したマーブルに頭を軽く下げて、俺は茨の精霊《ソーンエレメンタル》攻略についての思考をゆっくりと始めるのだった。

◆

「……時間がない、か」

『井戸屋敷《ウェルハウス》』の一室。ソファに腰かけたヴィーチャが、眉根にしわを寄せてため息をつく。

「王議会で正式な議題として取り上げたが、調査が不十分だし、情報源が曖昧だなんだと難癖をつけられてしまった。このままじゃまともな対応は難しそうだ」

「得意の賢爵やら、賢人やらの肩書を使ってもいいから、急ぐべきだと思うが……いや、彼らにとっては、放置した方が都合がいいのか？」

「相変わらず、聡く賢《さか》しいな……アルワース賢爵殿」

俺にまで嫌味を言うのはよそうか、ヴィクトール陛下。

つまり、南部一帯が森になって得をする貴族もいるということだ。

今、エルメリアは力関係すら曖昧になってしまった上流社会が火花を散らしている。

その中で、最も勢いがあるのが、リックとミレニアを中心とした新世代貴族達だ。

彼らは、ヴィクトール王とも年齢が近く、そして先の魔王復活事変で足並みを揃えて戦ったという実績から重用されている。

他の貴族も、自分達なりにエルメリアを守ろうとはしていたが、魔王の脅威に直接立ち向かったのは、主に南側を領地とする新世代達なのだ。

旧来仕えていた貴族には、それが面白くない。

エルメリアの文化の中心は、どちらかというと中央から北や西にかけての一帯であり、バーグナー領や、ヴァーミル領は、いわば〝田舎〟だ。

彼ら旧来の貴族にしてみれば、粗暴な田舎貴族が決起して第一王子に取り入り、なし崩しに自分達の立場を奪ったようにすら見えるのだろう。

であれば、その南方域の新世代貴族が領地を失って失速してくれることを願って、事態の悪化を待っている可能性すらある。

「まったく、バーグナー領の穀倉地帯を失えば、どれだけ国内の自給率が下がるか……」

ヴィーチャがため息とともに零した言葉を聞き、俺は思わず尋ねる。

「まさかそれすらも理解していないのか？」

「いいや、なったらなったで、また森を切り崩せばいいと思っているんだろう。肝心なことを理解しちゃいない。ハルタ卿は理解を示してくれたが、他の連中はダメだ……！」

「さて、じゃあ国軍は動かせないか。いや、どっちにしても手が足りないな」

エルメリア王国軍のほとんどは今、モーディア国境に配置されている。

これを退かせるわけにはいかない。

やはり、内々で何とかするしかないか。

また、嫁達に怒られそうだ。

「うーむ……なぁ、アルワース賢爵。提案なんだが……」

「その話の入り方は好きじゃないな、ヴィクトール王陛下」

こういう物言いの時のヴィーチャは度々、およそ賢人でも目を剥《む》くような突拍子《とっぴょうし》もないことを言い出す。

たとえば、〝ジェラタン・コアの力を使って、国内の☆1のレベル制限をガンガン解除しようと思うんだ。思い知らせてやろう〟なんて恐ろしいことを口にしたこともあった。

「……その〝金色姫〟とやら……もう放置してしまわないか？」

「は……？」

ヴィーチャの発言に、思わず目が点になる。

おいおい……何を言いだすんだ、この王様は。

みすみす自分の国で『大暴走《スタンピード》』を巻き起こして、重要な穀倉地帯を消滅させようっていうのか？

「被害地の規模予想と、食料損害、あと周辺の人口のデータがいるな」

「え、ちょ……待て。待て、だ！　ヴィーチャ」

「一国の王に犬の躾けのような物言いをするもんじゃない、アストル」

優雅に指を振って俺を窘めている場合か。

「何を考えている？」

俺が詰め寄ると、ヴィーチャは平然と答える。

「リックとミレニア次第だが……いっそ、領地を減らしてしまえばいいんじゃないか？」

「なんの話だ？」

「二人の結婚だよ。今、二人が結婚するのはいろいろと問題を増やすことになる。それもこれも、国土に対して人間が足りないからだ。そのしわ寄せが友人に行っている」

それは事実だ。

だが、それと〝金色姫〟がどう関係するというのか。

「なので、スレクト一帯を森人《エルフ》にくれてやる。代わりに、レイニード侯爵経由で森人《エルフ》の王に頼んで、災害規模を減らせないか相談しよう。穀倉地帯を丸ごととられるのはさすがにまずいし、『エルメリア王の迷宮《ダンジョン》』を取り込まれるのもダメだ」

何かを計算するように、ヴィーチャが指を折る。

まるでちょっと頭のネジを締めすぎた賢人が、研究データを反芻《はんすう》している時のような、異様な光景だ。

おっと……人のことを言えないのは、自覚している。

「いや、だからって普通じゃないぞ！　王国の領土だぞ？」

「管理できないなら、世界の在り様《ありよう》に任せるのも一つの手だろう。少なくともこれで、両家のバランスが取れて婚姻はしやすくなる。北側貴族は、食料難で自分達の愚かさを自覚するとともに、高まっていた緊張を収めるだろうし、私は表立ってリック達を援助できる」

ふむ、と何かに納得したように頷いて、俺はもう一本指を折る。

「それに、これで森人《エルフ》に少なからず恩を売ることができるかもしれない。アストルの話によると、その魔物は神の使いみたいなものなんだろう？　あえて手を出さずに森人《エルフ》サイドを慮《おもんぱか》ったことにすれば、険悪な『アルフヘイム』との関係も改善する可能性がある」

相変わらず、王様然とした考え方だ。

いや、王様なんだが……政治面や大局を目の前に広げはじめると、民衆のことを少し後回しにしてしまうのは、ヴィーチャの悪い癖だと思う。

「住民はどうする？　故郷を捨てろと言うのか？」

「言うとも」

強く即答するヴィーチャに、少しばかり気圧《けお》される。

「影響する範囲は狭い方が良いが。スレクト地方と、そうだな……ローミル辺りは範囲に入るかもしれない。観光地だから失うのは痛いが、致し方ないだろう」

「致し方ないって……」

「アストル……正直に言おう。このまま王議会に掛け合っても間に合わない。ギルドに問い合わせもしたが、人数が足りない。充分な報賞も補償も捻出できるか不明だ」

ヴィーチャが現実的な言葉を俺の前に並べていく。

彼が今口にしているのは、友人としての言葉ではない。王としての言葉だ。

「なら、俺が……」

「それじゃあ、ダメなんだ……アストル。君に頼りすぎてはいけないんだよ。この国は……いや、人間は」

何を言われているか、わからなかった。

ヴィーチャが、何か恐ろしい事実を俺につきつけようとしている気がして、背筋《せすじ》に冷たい緊張がのしかかる。

「アストル、君は気が付いているか？　自分の功績を、伝説を」

「……どういう意味だ？」

「君が『不利命運《ディスアドバンテージ》』を持っていることを、私は理解している。だからこそ、客観的な物言いをするが……君は、あまりに……」

一息置いて、迷ったようにヴィーチャが言葉を紡《つむ》ぐ。

「あまりに、異質で……異常だ」

放たれた言葉は、『不利命運《ディスアドバンテージ》』を否定した時のような、重い頭痛を伴って俺に突き刺さった。

「……誤解しないでくれ」

ヴィーチャが、苦笑に似た笑顔で俺を見る。

俺のショックが顔に出ていたのかもしれない。

「それが、良いとか悪いとか……ましてや私達の友情にどうこうって話じゃない。ただな、アストル……君のその力は、何か意味があるものなんじゃないかと思っている」

「意味？」

「ああ。それは『淘汰』に対するものかもしれないし、もっと違うことなのかもしれない。いずれにせよ、私はエルメリアの王として……アストルに頼ることを極力しないでおこうと思うんだ」

俺一人の力なんて、たかが知れている。

俺の功績とされるもののほとんどが、俺がその場に居たというだけで、同行者たる仲間達の功績に相違ないのだから。

「……おっと、その顔はまた悪い謙虚さを出すつもりだろう？　そうはいかないぞ」

「いや、俺は……」

「わかっている。だが、アストル……我々は、乗り越えるべきところを自身の力で乗り越えなければならんのだ。君の知識、魔法、魔法道具《アーティファクト》……どれもこれもが、私達の大きな助けになるだろう。だが、それなしで乗り越えられないようではダメなんだ」

「俺も世界の一部だろうに」

「その一部に頼りきって全体を中だるみさせるわけにはいかないという話だよ、〝魔導師《マギ》〟」

ヴィーチャが、カップを傾けて舌を湿らせる。

「背負いすぎに、気負いすぎだ、アストル。なまじ力があって、度がすぎる謙虚さがあるから、余計に自分では気が付けない。君の働きで世界は二度も救われたことを、私は知っている。だが、今後もそれを君に背負わせるようでは、この世界の意味がない……！」

眉根を寄せたヴィーチャが、カップの中で揺れる紅茶を見る。

「ヴィーチャ。俺はただ……できることをするだけさ」

「無理と無茶を通して、その身と魂《オド》を削りながらか？」

「最近はやってない。それに、俺の理力《オド》の量は他よりも多いんだ」

「そこだよ、アストル」

再びカップを傾けてビーチャが、小さく笑う。

「他の誰かより少し無理ができるからといって、君が無理する必要はないんだ。自己犠牲が染みつきすぎている」

自己犠牲のつもりはない。

いつだって、できることをできる範囲でやってきただけだ。

……時々計算違いがあっただけで。

「異質にして異常、『超える存在』である君にしかできないことが、使命がきっとある」

「『超える存在』？」

「王家の旧い文献にほんの少しの記述しかないんだけどね。君のような特殊な存在のことをそう呼ぶらしい」

「確かに、☆1としては些か特殊かもしれないけど……。それでも☆5の才能には及ばない」

俺のスキルの判定は相も変わらずランクが低いままだ。

「あの表記自体に疑いを向ける時期かもしれない。……その辺は学園都市《ウェルス》では？」

「まだ、研究中だな。二十二神システムによる能力の仕分けに関しては、まだ謎が多いんだ。ただ、存在係数《コスト》についてはエビデンスが取れつつある。やはり大型のダンジョン攻略は☆の低いものを上手く編制する必要があるそうだ」

「『呪縛』か……」

大型ダンジョンで発生する『呪縛』。

あれが魔力《マナ》の密度変化による人間という存在そのものへの干渉であるというのは、学園都市《ウェルス》のダンジョン研究者ではもはや定説に近い。

密度変化に強い……すなわち存在係数《コスト》（☆）の少ない人間をパーティに編制して、群体としての存在係数《コスト》カットを行う。それによって、パーティの能力低下は軽減されるのでは、という実験は今のところおおむね成功だ。

学園都市《ウェルス》では、主に魔法やユニークなスキルを『先天能力《インヒーレント》』として持つ☆1に積極的に『ダンジョンコア』を使わせてレベル上限を突破しているらしい。

……今のところ、上限値78が限界らしいが。

「『エルメリア王の迷宮《ダンジョン》』の攻略準備は進んでいるんだったな？」

「ああ。ミレニアとリックが主導でね。俺も参加する」

「なら、余計に……〝金色姫〟は──」

「それとこれとは、別の話だ」

反撃とばかりに、ヴィーチャへと告げる。

いい加減、まどろっこしくなってきた。

よくよく考えれば──いや、考えなくても、もっとシンプルにやればよかったのだ。

「ヴィーチャ、あなたは大きな勘違いをしている。……別にエルメリア王国のためだけにやりあおうってわけじゃない。あの精霊は……俺の家族を傷つけた。個人的な、危機感から来る報復だ」

「な……？」

「アレは勝手に縄張りを作っておいて、俺の腹をぶち抜き、フェリシアの命を危険に晒した。会話の成立を待たず敵対行動をとった以上、アレは単なる脅威だ。ただの魔物《モンスター》だ。森人《エルフ》に要請して仲を取り持ってもらう？　バカを抜かせ……対話不能な魔物《モンスター》相手に遠慮なんて必要ない。ここは、無茶をしてでも俺は出る」

少し興奮気味に、さりとて冷めたように俺は一気に捲《まく》し立《た》てる。

「待つんだ、アストル」

「それは王命か？」

「そういう話じゃない！　君、最初っから私の話をまるっと無視するつもりだったな!?」

「最初からアレをどう殲滅《せんめつ》するかって話だろ」

顔色を悪くするヴィーチャに、俺は笑顔を向ける。

「俺は、今からだって出発してやり合うよ。死力を尽くして、身体と魂《オド》を溶かしてでも……家族を守る」

「あぁー……そうだった、そうだったな。失念していたよ。こと家族のことに関して、君が一歩も引かないのはわかっていたはずだったんだけどな」

「そうとも、仮にも爵位を賜《たまわ》る末端貴族の一員としてあなたの顔を立てたんだ。国として手伝えないなら、邪魔だけはしないでくれ。一度は焼き払った故郷だ、二度も三度も変わらない。母さんじゃないけど、俺だって城の一つや二つくらい焼き払ってみせる」

それを上手くするには、王議会での『お話し合い』を待っている余裕はない。

何を大事に守っているか知らないが、茨の精霊《ソーンエレメンタル》にはそれ相応の報復をさせてもらう。

それが森人《エルフ》の信奉する何かだろうが、自然の営みであろうが、世界の摂理であろうが、関係ない。

重要な一点は、俺の家族を傷つけたことのみだ。

これに目をつぶる理由は思い浮かばないし、よくよく考えれば、この個人的な報復にエルメリア王国を巻き込む必要などなかった。

単純に、国益を損なう可能性があるので共闘しましょうと提案しただけだ。

「……まずい……〝魔導師《マギ》〟がまた思考を飛ばしている……これは止まらないぞ……どうする、どうする？　私は、どうすれば」

何をごしょごしょと独り言を言ってるんだ、ヴィーチャ。

そんな切羽詰まった顔をすることはないだろう。

さて、少し忙しくなるぞ。

相手は強大な茨の精霊《ソーンエレメンタル》だ。多少やりすぎるくらいの準備は必要だろう。

ヴィーチャ的には、森にして茨の精霊《ソーンエレメンタル》にくれてやってもいいくらいに必要ない土地らしいし……ちょっと普段はしないような大型の魔法でも練ってみようか。

近づくと攻撃されるので、超遠距離から攻撃できるような……そういえば、アクセスポイントを作っておいたんだっけ。そこを支点にして、魔法式を転移させるような方法はないだろうか……うん、一考の余地はあるな。

「諦めよ、王。こうなった我が主《マスター》を止めるのは、吾輩達には無理だ」

俺の思考が加速していく中、頭蓋が愉快にカタカタと鳴る音が部屋に響いた。

◆

「……ヤバいッスねぇ……」

「ヤバいねぇ……」

何やら感慨深そうにダグが呟き、それにシスティルが同意する。

青々とした草原だった周辺は、あちこち抉れて焦げた上に黒と茶に塗り潰されたような景色に変わり、目標物であった茨の城もすっかりと無残な姿になってしまっていた。

ちょっとした失敗で、地形をかなり無駄に破壊した気もするが……それは些末《さまつ》な問題だろう。

「うーん……魔法式の崩壊が少し早かったか？」

「タイミングもずれていたようだ。次の機会には、もうひと工夫必要だね」

「ん。ごめん、ユユ、が少し、遅れたかも」

ナナシとユユと三人で、今回の魔法について少し反省を行う。

まず、威力が思ったほどではなかった。

原因は察しがついている。消耗する魔力《マナ》をけちったからだ。

次に効果範囲も、やや不満が残る。多重崩壊型魔法式の崩壊速度が、些か速すぎた。

魔法が目標地点から少しずれて発動してしまったので、これも失敗だ。

あと、現地調査も不十分だった。もう少し……せめてあと二日はかけて、周囲の環境魔力《マナ》の濃度や、質を確認すべきだった。

加えて、単純な練度不足。魔法式自体はきちんと組み上がったが、口語魔法式も組み込んであったので、詠唱に時間がかかりすぎるし、俺とナナシだけで組み上げるのはなかなか難しかった。

「人間ドモメ！」

燃えカス一歩手前といった元茨の城《キャッスルオブソーン》から、巨大な何かが飛び出してきた。

「そら見たことか、茨の精霊《ソーンエレメンタル》は健在のようだぞ、我が主《マスター》」

「しかたない、ここからはガチだ。みんな戦闘態勢。地中からの攻撃にも注意してくれ」

俺の言葉に、各々が得物を構える。

目の前に押し寄せるのは、植物と虫系の魔物《モンスター》。そして、巨大化した茨の精霊《ソーンエレメンタル》だ。

「ふむ、小ぶりな精霊や樹人《トレント》達は吹き飛ばしたようだね。城も、もはや城とは呼べないな」

「ナナシ、分析は後！　ダグ、システィル、行くわよッ！」

「了解ッス！」

瞳に狂化の赤い光を宿したミントが、草原を猛然《もうぜん》と駆けていく。

「うん！　がんばる！」

ミントの後ろを追うように、ダグが地を踏む。討ち漏らしを処理する腹づもりだろう。

システィルはそんな二人を見送りつつ、双剣槍《ツインランサー》に雷を纏わせながら回転させはじめた。

「ユユ、みんなのサポートを頼むよ。俺も前に出てくる」

「ん。気を付けてね」

俺はユユに頷いて、焼け焦げた大地を駆ける。焼き焦がしたのは俺だが。

……あとで『緑《みどり》の派閥《はばつ》』と相談して、土壌再生計画を練ろう。

そんなことを考えつつも、うねり迫る茨の蔓と魔物を切り払って進む。

大型魔法で仕留めきれはしなかったとはいえ、用意した準戦略級魔法は上手く茨の精霊《ソーンエレメンタル》に充分なダメージを与えてくれたようだ。

【反響魔法《エコラリア》】で二回もぶつけたのだから、無傷でいられても困るのだが。

――〈雷火《サンダーブレイズ》〉。

俺とナナシ、それにユユによって編み出された魔法。

古代魔法の改修版《リファイン》魔法なのだが、やや詰めが甘かったのか、思ったような威力にはならなかった。

雷撃が強すぎて、肝心の殲滅力に些かランダム性が加わりすぎている。

使用するには十数枚からなる魔法の巻物《マジックスクロール》と魔法式を維持するための各種魔法道具《アーティファクト》、それに大量の魔力《マナ》と長々した詠唱が必要になるので、即興で使うこともできない。今回の茨の精霊《ソーンエレメンタル》のように、完全にこちらを舐め切っている相手じゃないと使えないのも、要改良だ。

「人間、人間……ナゼ、コンナ」

「こちらを軽く殺そうとしておいて、何故とは……。やはり精霊というのは俺達とは感覚が違うんだな」

「報復の規模が人間のそれじゃないと思うんだけどね、ボクは」

フェリシアが並走しながらつがえた特殊矢を放つ。

大けがをさせられた相手だ、思うところもあるのだろう。

「細かいことはいいじゃない！　アタシ達の敵ってだけで、殺《や》る理由は充分よ」

「そうだな。結局のところ……そうだよな」

ミントが言った通り、今後こいつが再び俺の家族や友人に牙をむかないとも限らないのだから、危険は早めに取り除いておく必要がある。

ヴィーチャは〝急いで王議会を開くから〟と言っていたが、俺達の準備の方が早かった。

事後報告になってしまうけれど、構わないだろう。

……だいたい、ダメって言われても俺はやるつもりだったし。

「オノレ！　人間風情ガ……」

「風情で悪かったッスね！」

ダグの攻撃用魔法道具《アーティファクト》がいくつか同時に起動し、茨の精霊《ソーンエレメンタル》を直撃する。

たまらず膝をついた茨の精霊《ソーンエレメンタル》へと、俺は指先を向けた。

「アストル、決めちゃってよ！」

「お兄ちゃん！」

「先生、よろしくッス！」

ミントが、システィルが、ダグが、押し寄せる魔物《モンスター》を足止めしている。

この機会を逃すほど、俺だって甘くはない。

そんな俺の口からは、自然に魔法の詠唱が紡がれていた。

「終わりだ――〈深淵の虚空《エイビス・ホロウ》〉！」

何もかもを削り取る禁断の魔法が、茨の精霊《ソーンエレメンタル》を直撃する。

植物の再生力をもつ大精霊とて、これには耐えられなかったようだ。

「ガッアアァァ!?　マサカ、マサ、カ――ッ」

断末魔《だんまつま》の声と共に、茨の精霊《ソーンエレメンタル》は虚空《こくう》の彼方《かなた》へと消え去った。

◆

「お疲れ様、みんな」

ほとんどの魔物達を殲滅してから、俺はそう声をかける。

茨の精霊《ソーンエレメンタル》が消滅してから、魔物達《モンスター》はまるで統制が取れなくなって、散り散りに逃げるか、倒されるかした。あの大精霊には、そういった能力が備わっていたのかもしれない。

「結局、ボク達だけでやっちゃったなぁ……ヴァーミル侯爵やバーグナー辺境伯は怒るんじゃないかい？」

フェリシアが苦笑しながら俺にそう聞いた。

「あの二人は使節団の後始末で忙しいから、誘わなかったことにしよう」

本当は、いろいろと俺を止めようとするだろうから、事後報告にしようと思っただけだが。

「……アストル……！　まだ、残ってる」

「何がだ？」

「あれ、何かな？　繭《まゆ》に見えるけど」

フェリシアは【遠見】で姿を捉えているみたいだが、俺からは見えない。

だが、確かに得体の知れない魔力《マナ》の気配が、まだ残っている。

完全に気を抜くのは早かったようだ。

「動いてはいない……けど」

「俺が確認に行くから、みんなは待機」

「では、吾輩も……」

俺から離れようとするナナシの頭蓋を掴んで引きずる。

「お前はついて来い、ナナシ。〝金色姫〟についても知っているんだろう？」

普段面白がって、なんにでも近づくこの悪魔がわざわざ距離を取るというのは、何か理由があってのことだろうか？

「我が主《マスター》、〝あれ〟に近づくなら、一人で行くといい」

「何を警戒しているんだ？」

「〝金色姫〟というのは、君達が思っているよりも単純で純粋な生き物なんだ。吾輩が近寄っては濁りが出る」

「濁り？」

「気配の濁りだよ。そも吾輩はこの世界の住民ではないので、あれとは存在的に強い敵対関係となるんだ。刺激するべきじゃない」

ナナシの説明はいまいち要領を得ないが、一応は真面目らしい。

俺を危険に晒すことはしないだろうし、ナナシがそう言うのであれば……一人で行くとしよう。

「わかった。じゃあ何かあった時のために、みんなに結界を」

「必要ないさ。行けばわかる。……そして、吾輩はこうまで筋書き通りに行っていることに、少しばかりの懸念を感じるよ」

なんの懸念で、どういった筋書きだ。

まぁ、いい。後で膝を突き合わせて、きっちりと説明してもらおう。

俺は警戒しながら、燃え落ちた茨の園へと踏み込む。

ここまで来れば、もう何があるかはうっすらと見えている……

茜色の空の光を反射する、大きな黄金の繭。

「これが、〝金色姫〟の繭……か?」

俺とソレの距離が、あと数歩というところで、それは強く輝きはじめた。

「な、なんだ……?」

黄金の繭がほどけてゆく。

細く輝く金糸が冬の夕暮れの風に吹かれてたなびき、まるで黄金の風を形作るがごとく広がる。

それと同時に、濃い魔力《マナ》の気配が、生き物のそれへと変化していった。

「……間に合わなかったのか⁉」

状況に身をこわばらせるが、ほどける繭の中から出てきたのは、子犬ほどの大きさの何か……真っ白の毛におおわれた、小さな動物だ。

見た目に騙《だま》されてはいけないと警戒はするものの、心の奥底では何故だか大丈夫だという確信があった。

ソレは短い脚を必死に動かして、繭だったものから這《は》い出《だ》して、俺の方へと向かってくる。

これを脅威と見るのは、逆に困難だ。

むしろ……なんとも言えない、不可侵で、神聖で、そして喜ばしい気持ちが溢れてくる。

「キュイ？」

白い毛に埋没するような真っ黒い瞳が、俺を見上げる。

耳のある位置にある、ふわふわとした平たい触覚のような物がゆらゆらと揺れて、俺の方へと伸ばされてくる。

不思議と俺は、それを警戒せずに、なされるがままに撫でさせる。

「蚕《かいこ》？　……とは少し違うな。そもそも、これは昆虫なのか？　いや、どうだろう。すくなくとも節足動物ではないな」

脚の数は四本。胴部はふさふさとした長い毛におおわれており、背中には蚕に似た四枚の白い羽がたたまれている。

四肢は体同様、ふさふさとした白い毛におおわれていて、先には小さいながらも鋭い爪。

「キュウキュウ……」

「なんだ、お前が〝金色姫〟なのか？」

「キュイ？」

言葉は通じていないようだが、反応はある。話しかけられているという自覚行動がある以上、知能に関しては動物レベルであるということだろう。

足元へとにじり寄ってきたそれは、警戒も敵意も全く感じさせない仕草で、再び俺を見上げる。

（——名付けを……我が主《マスター》）

ナナシが繋がり《リンク》を通して、俺の心に直接語り掛けてくる。

名前を付けろって、そんな急に言われても……

「うーん、じゃあ……〝ユラン〟。お前はユランだ」

思いついたまま口にした名前だったが、思いの外しっくり来た。

「キュイ」

目の前の生き物が、可愛らしく返事をしたかと思うと、その姿を徐々に変化させる。

全身の毛が伸びてゆき……体に巻き付いて丸く覆われていく。

そして見る間に、黄金色の繭になってしまった。

「一体なんだってんだ……？」

赤ん坊のおくるみのような楕円形のそれを抱き上げて、俺は独りごちる。

「お兄ちゃん！」

危険なしと判断したのか、システィルが駆け寄ってくる。

「どうなったんスか？」

「俺が聞きたい。ナナシ、何か知っているな？」

「知ってるんじゃない、思い出しただけさ。まったくもって不本意だけどね」

ナナシが不満げに頭蓋を傾ける。

どうも本気らしいことが、繋《リンク》がりから理解できた。

ナナシは謎多き存在だ。

自分の記憶や能力の多くを失ってはいるが、何かがきっかけとなってそれを思い出すこともある。

その記憶はレムシリアの秘密であったり、古代の魔法の力であったり、俺達が及びもしないアイデアだったりする。

……おそらく、『悪魔』というのも便宜上そう語っているだけで、彼は自分自身が何者か完全に把握していないのではないだろうか。

「それで、この繭はなんだ？」

「何って……〝金色姫〟さ。〝可能性の繭〟あるいは〝虚船《うろふね》〟とも。吾輩ともあろうものが、人間の記録に引っ張られて、本質を見失うとはね」

ナナシの言っていることが、いまいち理解できない。

「もっとわかりやすく」

「君達が〝金色姫〟と呼ぶそれは、現象となった後のそれだ。我が主《マスター》の抱えるそれは、〝なんでもあるし、なんでもない〟……不確定存在。そうだね、生き物の形をした『ダンジョンコア』または、新たなる次元の発芽とも言うべきものだよ」

そこで言葉を切って、ナナシが黄色く光る眼《まなこ》を爛々《らんらん》とさせる。

「――そうだね。しいて言えば、それは『淘汰』さ」

その言葉に、背中に冷たいものが走る。

新たな次元がこのレムシリアに発生してしまえば、存在のリソースを喰い合うことになる。

それがどんな形で訪れるにせよ、何かしらの世界的脅威となって顕現《けんげん》するだろう。

「どうすればいい？　今すぐ叩き壊さないとダメか？」

「安心するといい。もう処理は終わっている、我が主《マスター》。茨の精霊《ソーンエレメンタル》がある程度形にしていたそれに、我が主《マスター》が名を与えることで、それは不確定ではなくなったのだよ。あとは、稀代《きだい》の大魔法使いの手腕に期待だね」

そう言って、ナナシがカタカタと頭蓋を鳴らす。

「それもわからないぞ……」

「それぱっかりは吾輩とてわからない。我が主《マスター》がどんな意思をこれに向けて、どう感じたかにもよる」

「ふむ……」

少なくとも敵意は感じなかったし、俺も敵意を向けなかった。

で、あればこれはきっと俺にとって害あるものではないのだろう。

「仕方ない、学園都市《ウェルス》に持って帰って観察するか……。あそこには真森人《ハイエルフ》が二人もいるしな」

マーブルと学園長のことだが……学園長は期待薄だな。

「ねぇ、アストル。これはどうするの？」

フェリシアの指さす先には、大量の……本当に大量の糸がある。

輝きからして絹糸、しかも魔力《マナ》をたっぷりと吸った特別なやつだ。

貴重な物には違いないのだが、一抱えでは済まない量なので、なんともありがたみが薄い。

「残らず持って帰ろう。何か研究に使えるだろうし……。きっと売ったら高い」

それを聞き、システィルがぼそっと呟く。

「お兄ちゃんって相変わらず、お金に細かいのね……」

「研究には金がかかるんだ。魔法薬《ポーション》だって魔法道具《アーティファクト》だってタダじゃないんだぞ」

「申し訳ないッス……」

俺の失言に、ダグが本当に申し訳なさそうに頭を下げた。

◆

討伐を行なったその足で、俺達は混沌の街《クシーニ》へと向かう。

そして、そのままリックに挨拶もせずに馬車を手配して、学園都市《ウェルス》への帰路へとついた。

お小言をもらうのは、バレてからでいいだろう。

「本当に挨拶してからでなくていいの？　お兄ちゃん」

「ヴィーチャからミレニアとリックには連絡が行っているかもしれないからな。これの説明も面倒だし……一緒に行くと約束させられていたから、ちょっとばかり心苦しいじゃないか」

「そういうところ、だよ？　アストル」

「そういうところよ？　アストル」

ユユとミントに窘められるが、忙しい嫁二人の手を煩わせるわけにはいかないし、無駄に既存のエルメリア貴族の介入を受けるわけにもいかなかった。

リック達の足を引っ張るために、王議会で意見をうやむやにするような連中だ。

いざ、〝金色姫〟を叩くとなれば、何かしらの難癖をつけてくる可能性が大いにあった。

それ故、俺は多少の準備不足はあったものの、かなり早急に茨の精霊《ソーンエレメンタル》との決戦に臨んだ。

「怒られる時はオレも一緒に怒られるッス」

「すまないな、ダグ」

「ダグ、お兄ちゃんを甘やかしちゃだめだよ。毎回みんなが心配することになるんだから」

——そんなやり取りをしながら、馬車に揺られること約一週間。

そろそろエルメリア国境に差し掛かろうというキャンプエリアで、俺は思わぬ人物と再会した。

「こんばんは、アストルさん」

夜の見張りの最中。

ゆったりと一人で珈琲《コーヒー》を嗜《たしな》む俺の側にするりと現れたのは、見覚えのある青年だった。

「グレイバルト！　どうしてここに？」

「クシーニで見かけたという情報を得てから、追いかけていたんです。ようやく追いつきました。今日は、配下の者から言伝《ことづ》てがあります」

そう言って、一通の書簡を俺に差し出す。

かなり良い紙に赤い蝋《ろう》を垂らして封印してある。

その蝋に押されているのは……エインズの印章だ。

「エインズ・ラクウェイン様から、アストル様にと。あちらの情報筋を通して渡されたようです」

エインズの情報筋というと、あの酒場の若主人だろうか。

なんにせよ、俺の動向をエインズがある程度掴んでいるということは……きっとリックやミレニアにももう感づかれているんだろうな。当然、ヴィーチャにも。

俺はグレイバルトに礼を言って、書簡を開く。

魔法の蝋は適切に処理されているらしく、そのまま小さな青い炎となって空に消えた。


アストルへ。

また何かやらかしたようだな。元気そうで何よりだ。

ヴィクトール王が慌てた様子で王議会を召集した。

エルメリアカーツとノーブルブラッドの連中の動きがおかしい。

まだエルメリアにいるなら、早いところ国外に出て、しばらく隠れてろ。

いずれまた。

エインズ

書きなぐったような、少し乱れた字だった。焦っていたのかもしれない。

「これの内容は？」

「知りません。確認しても？」

グレイバルトに、手紙を渡す。

見られて困る内容ではないが、これが他のエルメリア貴族だとそうもいかないだろう。

『ノーブルブラッド』がここに来て動く。

いよいよもって、俺が……あるいは俺を推そうとするヴィーチャが邪魔になってきたってことか。

『ノーブルブラッド』はエルメリアにおいてカーツほどではないが、危険な組織である。

危険というか、力ある秘密結社と言うべきか。

貴族社会の正常な機能を目的とした半ば公然とした秘密結社であり、それは貴族社会の規律を守る私的な断罪者達でもある。彼らは、裏社会とも通じていて、時には意に沿わぬ貴族を暗殺したり、組織的な圧力で潰そうとしたりする。

構成員の多くが、今回の騒動で死んだか逃げたかしたので、現状はモーディアの体《てい》のいい手先になっている可能性が高い。つまり、カーツと手を組んで何か事を起こす可能性がある。

「ノーブルブラッドですか。ザルデンにも似たような組織がありますが、どうもキナ臭いですね」

「まさにキナ臭いよ。今はおそらくモーディアの手先になっているだろうし……。ヴィーチャは大丈夫だろうか」

俺が懸念を口にすると、グレイバルトが反応する。

「配下の者を情報収集に向かわせます。元暗殺者もいるので、そちらでのアタックを未然に防止してくれるでしょう」

「すまない。頼むよ」

頼りになる友人が、草陰に潜んでいたらしい配下にハンドサインを送る。

「そういえば、グレイバルトはこの後どうするんだ？」

「このままアストルさんに同行して学園都市《ウェルス》に行こうと思います」

「そうなのか？」

「はい。そろそろ、入学申し込みの時期ですからね」

にこりとグレイバルトが笑う。

「……ん？」

「配下になるのは諦めましたが……生徒であれば、そばに置いていただけるのではと思いまして」

「……んん？」

「同年代のダグさんを生徒として見ているのであれば、私だって生徒になればきっと……！」

グレイバルトが決意に満ちた表情で、握り拳を作る。

「え、俺の塔に入るの？」

「はい、そうですよ？」

彼の中ではもう決定事項であるようだ。

「俺の塔って……色に属してないし、いろいろ不便だよ？」

「ご存じないかもしれませんが、『魔導師《マギ》の塔』は、毎年人気なんですよ。アストルさんが、毎年募集人員をゼロに設定しているだけでね」

そうだった。俺はあの塔を、『家』として位置付けているために、外部学生の受け入れはしていないのだ。代わりに、別の塔へ講義や公開実験、実習に行ったりはするが。

「入る方法はあなたへの直談判《じかだんぱん》だけ……。大丈夫です、塔に住まわせてくれとは言いませんので」

焚火に照らされたグレイバルトの顔が、なんだか少し寂しげだ。

「少し考えよう。その、グレイバルトが塔に来るのは歓迎するよ。友人として心強いし、きっとお互いにいい刺激になると思う」

「……本当に、いいんですか？」

「構わないとも。逆に聞くけど、君はザルデンの貴族だろう？　そんなことをしていいのか？」

俺の問いに、グレイバルトが頷く。

「このまま、実家に留まってても共倒れになるだけですからね。それなら、私はアストルさんの横で、新しい道を探してみたい。……これは、私と『木菟隊』の総意です」

「わかった。歓迎するよ、グレイバルト。これからもよろしく」

俺の差し出した手を、グレイバルトはしっかりと握り返した。

The Record by an Old Guy in the world of Virtual Reality Massively Multiplayer Online
とあるおっさんのVRMMO活動記
椎名ほわほわ
Shiina Howahowa
1～27
アルファポリス 第6回 ファンタジー小説大賞 読者賞受賞作!!
累計150万部突破の大人気作
（電子含む）
ついに TV アニメ化決定!!!
コミックス 1～10巻 好評発売中!
超自由度を誇る新型VRMMO「ワンモア・フリーライフ・オンライン」の世界にログインした、フツーのゲーム好き会社員・田中大地《たなかだいち》。モンスター退治に全力で挑むもよし、気ままに冒険するもよしのその世界で彼が選んだのは、使えないと評判のスキルを究める地味プレイだった！
――冴えないおっさん、VRMMOファンタジーで今日も我が道を行く！
1～27巻 好評発売中!
各定価：1320円（10%税込）　illustration：ヤマーダ
現実じゃ冴えない会社員（38歳・独身）でもVRMMOの中では名うてのスキル職人!?
ネットで人気爆発!
第6回アルファポリスファンタジー小説大賞 読者賞受賞作、待望の書籍化!
現実じゃ冴えないおっさんが料理生産から冒険までVRMMOで大活躍!!
漫　画：六堂秀哉　B6判
各定価：748円（10%税込）
アルファポリスHPにて大好評連載中!
アルファポリス 漫画　検索

トカゲを
（本当は神竜）
召喚した聖獣使い、
竜の背中で
開拓ライフ
～無能と言われ追放されたので、空の上に建国します～
著 水都 蓮
Minato Ren
祖国を追い出された聖獣使い、
巨竜の背で
自由に生きる!!
竜大陸から送る、
爽快天空ファンタジー！
聖獣を召喚するはずの儀式でちっちゃなトカゲを喚び出してしまった青年、レヴィン。激怒した王様に国を追放された彼がトカゲに導かれ出会ったのは、大陸を背負う超でっかい竜だった!? どうやらこのトカゲの正体は真っ白な神竜で、竜の背の大陸は彼女の祖国らしい。レヴィンは神竜の頼みですっかり荒れ果てた竜大陸を開拓し、神竜族の都を復興させることに。未知の魔導具で夢のマイホームを建てたり、キュートな聖獣たちに癒されたり――地上と空を自由に駆け、レヴィンの爽快天上ライフが始まる!
◎定価：1320円（10%税込）　◎ISBN978-4-434-31749-1　◎Illustration：saraki

この作品に対する皆様のご意見・ご感想をお待ちしております。
おハガキ・お手紙は以下の宛先にお送りください。

【宛先】
〒150-6008 東京都渋谷区恵比寿 4-20-3 恵比寿ｶﾞｰﾃﾞﾝﾌﾟﾚｲｽﾀﾜｰ 8F
（株）アルファポリス　書籍感想係

メールフォームでのご意見・ご感想は右のＱＲコードから、
あるいは以下のワードで検索をかけてください。

アルファポリス　書籍の感想　検索

ご感想はこちらから

本書は Web サイト「アルファポリス」（https://www.alphapolis.co.jp/）に投稿されたものを、改題、改稿、加筆のうえ、書籍化したものです。

落《お》ちこぼれ[☆1]魔法使《まほうつか》いは、今日《きょう》も無意識《むいしき》にチートを使《つか》う 9

右薙光介（うなぎこうすけ）

2023年 3月 31日初版発行

編集－仙波邦彦・宮坂剛
編集長－太田鉄平
発行者－梶本雄介
発行所－株式会社アルファポリス
〒150-6008 東京都渋谷区恵比寿4-20-3 恵比寿ｶﾞｰﾃﾞﾝﾌﾟﾚｲｽﾀﾜｰ8F
TEL 03-6277-1601（営業）　03-6277-1602（編集）
URL https://www.alphapolis.co.jp/
発売元－株式会社星雲社（共同出版社・流通責任出版社）
〒112-0005東京都文京区水道1-3-30
TEL 03-3868-3275
装丁・本文イラスト－M.B
装丁デザイン－AFTERGLOW
印刷－図書印刷株式会社

価格はカバーに表示されてあります。
落丁乱丁の場合はアルファポリスまでご連絡ください。
送料は小社負担でお取り替えします。

ISBN978-4-434-30457-6 C0093